未經預約

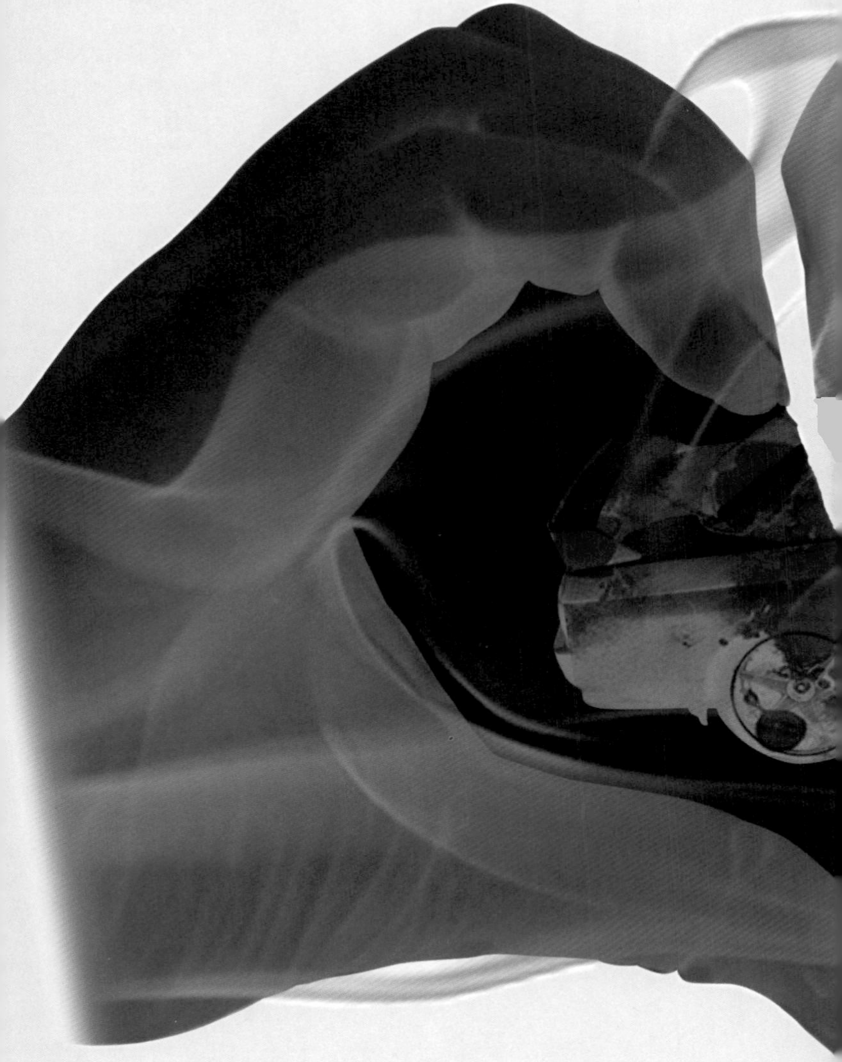

她在醫務所門外，發現這輛車子。

當晚揚長而去的車子，車牌大概是「？K？692」，雖然部份看不清楚，但是這個了！顏色也對，深灰——她化灰也認得。肯定是。

終於找到了。

之後，便得找出它的主人。

端詳一下玻璃門上的告示，應診時間是「10:30—24:00」，看來醫生是個工作狂，也許是掙錢狂。

有他的簡歷：「1999年醫學院畢業」。應在三十出頭的黃金歲月。人人都有他的黃金歲月……何慧欣臉色一沉。

鍾展國醫生的醫療服務範圍很廣，包括「全身檢查、疫苗注射、外科小手術、驗血、X光心電圖、血壓高、糖尿病、脫髮、哮喘霧化治療、驗孕、通

經……」但最擅長診治心臟疾病。

何慧欣推門。

抬頭一瞧，大鐘時間是「23:55」，她的「時間」。

「醫生還沒下班吧？」她問：「門外車子是他的嗎？」

「對呀。」護士問：「小姐你有預約嗎？」

「沒有。」她道。心想：「死神也不曾跟我預約——」

護士道：「現在還有病人。你可以看病，超時少許不要緊。他晚晚都不準時收工的。」

生意滔滔？

太不公平了。

「請先填表登記。」

她寫下了。「何慧欣、廿二歲、地址……電話……」

「身份證。」

「哎真失魂，匆忙間漏了帶——」

找了找，哦，有的，有身份證，忙拎出來。幸好他們周到。

「你甚麼地方不舒服？有發熱嗎？」

「心跳一下子加速，呼吸有點困難——現在好些了，不過一定得看醫生才放心。」

「也對，鍾醫生是心臟科的高手。」護士笑：「即使心不跳了，他也有辦法。」

「是嗎？」她淡然：「有這個先例嗎？」

「有呀——」

此時上一位病人出來了，護士忙看藥單和病歷。又把何慧欣的登記表病歷卡送進去。

快了，就快可以見到這個人了！

她記得那個晚上，急症室的當值醫生是這樣同她媽媽說的：

「猝死的事件，近年常有發生。因心臟驟停引起，沒有任何準備。大部份是血液不能流到心臟肌肉，導致病人心律失常，足以在數分鐘內暴斃。死亡時間是晚上十一時五十五分。」

「但……欣欣才廿二歲，又不抽煙又不喝酒……身體很健康……」媽媽號啕大哭，悲痛欲絕：「才剛剛開始工作，連男朋友也未有……」

甚至沒有「明天」。

醫生安慰她：

「可能患有隱性心臟病或先天心律不正，才因失救致死。你們沒發覺，不知道……」

媽媽沒聽完死因報告，已經昏過去。

出殯那天，連殯儀館中的職員和堂倌，也有點惋惜。綺年玉貌的少女，就這樣猝死在午夜街頭。父母家人，同學們同事們都不信，捨不得，哭得十分傷心。

青春的喪禮，燒衣紙紮品是高清電視、最新型號電腦、手機、漢堡包薯條可樂、身份證護照、環遊世界的機票、各國貨幣、劉翔的跨欄奪金照片、遊艇、化妝品、四季時裝、波鞋……還有一座桑拿浴室。因為她愛焗桑拿。

儀式中，還不惜準備全套的打齋紙紮，不管是否用得着，沒問過當事人，千百年來，一番心意：——

仙鶴柳旛一套　正薦牌位一個　附薦牌位一個　沐浴房一個　望鄉台一

個　金橋一度　銀橋一度　橋燈兩枝　橋公兩名　紅大槓兩個　全衣一盆　金山一座　銀山一座　紅旛一支　白旛一支　文明轎一頂　轎伕兩名　洋樓一座　花園一個　夾萬一個　娣仔一名　妹仔一名

火光熊熊中，陰陽永隔。

那晚，與同事阿咪、露露等人開完會，累得很。如常去桑拿和按摩，紓緩一下。

開開心心出來後，她倆趕搭地鐵。三人分手，何慧欣在附近截輛的士回家。

等了一陣……

——驀地駛過一輛深灰色的車子。

超速，在寂靜的街道上風馳電掣。

向她衝來。眼看要出車禍了，她驚恐得手足無措，心臟狂跳，像自咽喉蹦出

來。腦袋一片空白，僵立着——

那冷血無良的夜車完全沒有煞停的意思，在她身邊猛擦一下，又箭一般遠去。魄散魂離的她，只看到車牌是「？K？692」。

「砰！」

支撐不住急變，整個人重重摔倒在地，無法起來。從此不再起來，心跳停了。她沒有瞑目。

阿咪和露露在靈堂上哭得最悽厲，她們自責：

「會不會因為焗桑拿，令她血壓提高，心跳不正常？——都是我們不好，害了欣欣！」

不是桑拿，也不是隱疾。但靜夜中完全沒有目擊證人，除了自己，根本無人知悉死因。她是受驚過度而猝死的。你們會認為一切只是「意外」，但一個含冤

莫白地撒手塵寰的亡魂，永遠不甘心！

是那輛車子的主人，害她一命。

懷着怨恨——

年輕的生命結束了。充滿彈性溫香的肉體化成灰燼。

火化後，靈灰閣仍未有位，需等大半年。家人把骨灰寄存在長生店，等待安排。親友可於任何日子朝九晚五，帶鮮花水果來拜祭。

這些暫時存放的靈位，月租由六百元到千多元不等，視位置和數字而定。

媽媽哽咽：

「只得欣欣一個女兒，得選個好位。即使暫存，也住得安安樂樂……」

他們選了好意頭的數字：「136」，希望她來世三三不盡六六無窮，別像此生一樣，天妒紅顏，鮮花早凋，一下子到了盡頭。

長生店方面為她挑個良辰吉日，把骨灰安放——因為還不是正式的靈位，所以骨灰用一個膠袋裝好，外頭掛了名字牌。暫時整袋放進骨灰盅內。

負責的職員陳小姐告知：「不拆膠袋為了安全。萬一出意外，那個盅裂了碎了，骨灰也完整一袋，不會灑了一地。」

又道：

「到靈灰閣永久靈位定好了，請師傅開光才——」

話還未了，那個月白色的骨灰盅，竟然在她手中無端迸裂！

所有人嚇得目瞪口呆。

「欣欣不肯走！她不肯走！」

在家人吃驚又悲痛的哭聲和私語中，何慧欣十分明白：不把仇人揪出來報復，她怎麼走得甘心？

「何太，」陳小姐雙手僵硬勉定心神：「看來要為她打一堂齋超度了。」

不！

誰也超度不了。

她今晚已經找到他！

「冤有頭，債有主。」何慧欣心想：「世事必有因果報應。你讓我受驚暴斃，難道我不可以把你嚇死嗎？嚐嚐心跳忽然停止的滋味吧！」

上一位病人是個老婆婆，自己已是打烊前最後一個了，下手很方便。

正準備推門內進，只聽得在交費時，護士說：

「阿婆你有長者卡，我們醫生優惠老人家，七折收費，診金連兩日藥，收一百四十元。」

「呀，鍾醫生真好！」阿婆感激不已：「祝他身體健康！」

「醫生當然要身體健康，否則怎可為你們診症？」

何慧欣對面的鍾展國醫生，卅出頭，長得斯文俊朗，戴着一副黑框眼鏡，看來沉實可靠。

他問：

「小姐，你甚麼地方不舒服？」

「心。」

「是跳得急？跳得弱？有沒有痛楚？」

「是心忽然不跳了。」

「哦，」醫生微笑：「不要緊張，不要杞人憂天，我盡量幫你。」

透過聽筒，她心跳真的很弱。

「脈弱，奇怪。之前有過甚麼病？」

「一直很健康。」

「別自以為是，還是檢查一下吧。」

一看時鐘，已過子夜。

何慧欣道：

「已到下班時間，不如明天才作詳細檢查吧。」

「心臟病可大可小。」

「咦？」何慧欣瞥到桌上有個水果籃，還有張A4那麼大的感謝卡：「這是你的禮物嗎？」

「對，病人康復後送來的。」

看下款：「譚曉東」。

「怎麼用粉紅色卡片？」

「像個男性名字吧？其實是個女的。」

「哦。」

「她也是心臟出問題。在朋友家過生日，忽然呼吸急促，朋友找到我的卡片，那晚還飛車去作些急救。當然最後得送醫院，但我還是幫到一點忙，否則人很容易便猝死。」

「哪一晚？」莫非是自己那晚？

「忘了日期。」醫生道：「個多月前吧。」

又強調：

「所以你不能忽視，只怕有隱性疾病。」

他按鈴：「林姑娘，為她量量血壓——」

轉過身來抬頭一看，對面的病人走了。

「林姑娘，病人呢？」

「不見她。」護士笑：「一聽要檢查，怕得走了？諱疾忌醫？」

掛號處放下兩張百元鈔票。

「還沒開藥呢。」

何慧欣「錢」太多了。家人親友希望她在陰間可以過富裕充足的生活，補償現世來不及的享受，都燒了大量各國貨幣：美元、歐元、加幣、澳幣、紐幣、日圓、人民幣、港幣……很多的錢，很短的生命，一腔怨恨——

不過，她對仇人的怨恨，似乎略有改變。

那輛深灰色黑夜中飛馳的車子，奪她一命的驚嚇，主人卻不如她一直深惡痛絕那麼壞——他甚至還是救急扶危的好醫生？他為了一個病人，忘記自己下班時間，沒想到一回夜診，令陌生路人心臟驟停？也許這是天意，也是不幸，她只是在電光

石火間，錯認了無心的「兇手」。那個車牌決非線索，還誤導了復仇的鬼。

第二個晚上，她又來了。

先向護士道歉，再向醫生報告：

「我昨晚好了一點，所以不等你們檢查。而且我擔心費用高，一時帶不夠錢。」

「別擔心。」鍾展國安慰她：「看來你剛出來工作不久，醫藥費得花上一筆。不過你臉色蒼白，指甲也帶灰，還有黑眼圈，加上上回的心跳狀況，有病還是詳細檢查好些。」

她瞅瞅牆上那張表：

「心電圖

全血計數

血球沉降率
血糖
膽固醇
腎臟功能
肺部X光檢查
乙型肝炎菌
肝臟功能
尿液常規檢查
糞便常規檢查
隱血化驗（大便潛血）
血型檢查

恆河猴因子

痛風檢查

……」

足足十多廿項。看，這便是一般生命有限的臭皮囊，日夕擔憂事宜。她早已化灰，如何應付這些煩瑣的俗務？她可交出甚麼？她連「吃喝拉撒睡」基本的功能也失去了！

醫生見她面有難色，沉吟一下：

「這樣吧，標準全身檢查不可或減，做足了，收費是＄1,500，我給你打七折。」

一笑：「這是長者優惠。」

何慧欣苦笑：

「我當然是已過完一生的『長者』了。」

她忙道：

「今晚不要，十二時了。」

「你能安排早點來嗎？預約一下時間，空腹來。說是『夜診』，總不成是最夜的一個。」

又叮囑：

「我看你的內臟累極了，工作不要太辛苦，所謂『長命工夫長命做』，身體是本錢，健康最重要。」

「是的，我身體很不行。」

她想：「是長命工夫沒命做。」

「飲食方面得注意。」他體貼地：「我有個習慣，盡量在晚上七時或八時前

吃好了，之後不再吃難消化的肉，更不吃消夜。若肚子餓，便吃一個蘋果，這樣腸胃可以減輕負擔。看，這個東東送來的果籃，大部份是蘋果。」

他信手取一個，遞給何慧欣。

她接過了。

這個蘋果又紅、又甜、又香、又重。

第三、四晚她按捺住不來。

第五、六晚……

她甚麼地方也不去，只在人間徜徉，飄盪着，企盼着每隔數日來聊天、談心事、看醫生——夜診，成為她唯一的精神寄託。鍾展國醫務所，已是她在陽間唯一去處。

不知不覺間，她又來了。

為甚麼？

為甚麼換了醫生的名字？

——「沈志強」

「鍾醫生呢？」她追問。

護士答：「沈醫生也一樣，你是覆診吧——」

「不！」何慧欣臉色一沉：「我要見鍾醫生，我一定要鍾醫生，他到哪去？」

護士還未回答，何慧欣忽地提高嗓音：

「我是鍾醫生的病人，我只要他醫我，除了他誰也不要！」

連自己也大吃一驚——何時開始，鍾展國成為她在人間唯一「精神寄託」？

這是自欺的詞兒，難道，她已戀上他？一見鍾情？化恨為愛？從來沒有過的失

措，死人的心不再跳，奇怪，還是有「心跳」的激情。

「陳姑娘，請你告訴我，他到哪去？是不是以後由沈醫生代替？他……」

護士微笑：

「何小姐，鍾醫生最近接受家庭醫學專科培訓，每逢星期三上課和實習。這天由沈志強醫生負責門診。」

同事鄧姑娘道：

「很多病人都知道。也許你新來，又不是街坊，所以不清楚。」

「他會回來的？他星期四回來？只星期三不在？」

像個天真又惶惑的小女孩，生怕失去依靠，問得有點弱智似地。

「對。」護士解釋：「培訓期間有此安排。何小姐先掛號，沈醫生也是心臟專科。」

「我已好了點。」何慧欣回復正常，放心了：「下次再來吧。不急。」強調：

「除了星期三，對嗎？」

剛想出門，又回過頭來，閒聊：

「鍾醫生那麼忙，門診時間又長，他女朋友沒抱怨嗎？」

「這是醫生的私隱呢。」兩位護士相視會心。

「唔，我隨口問問吧。」

護士大概心知肚明，這種情形並非第一次了。陳姑娘在醫務所工作了三年半，鍾醫生確是「極品」，連她自己也一度心猿意馬。

過來人，怎會不曉得？

她饒有深意地對何慧欣道：

「幸好鍾醫生的女朋友是在美國旅行時認識的，也不是他的病人，所以沒有『犯規』。」

前半截是敘述，後半截才是重點。犯規？

「醫生有『專業守則』，規定不能與病人建立任何親密關係。否則會被『釘牌』。」

還故意借題發揮：

「上回那心臟病發的女病人，感激醫生急救，出院後不斷送禮物來，還約晚飯。醫生只肯收一個水果籃，後來把她轉介給另一位醫生。」

何慧欣記得，是喚「譚曉東」的病人——她還送他A4大的粉紅色感謝卡！

提醒得再沒更明白的了。

她淡淡一笑。不語。

只消離開現場，她一定成為護士們、藥劑師和清潔阿嬸嚼舌的「癡纏女」，她們一定在背後取笑她，揶揄她，還設計離間她，叫她死心。說不定因為妒忌！

「專業守則」？誰理會！

哼，這只不過是「人間」的規矩，甚麼醫生病人，甚麼濫用職權，甚麼追溯期三年，甚麼……一切規矩在一隻鬼身上，行不通！

她開始電話預約，等他。確定他在，才進門。

護士以奇特眼神看她一眼，進去醫生房間好一會。若無其事地招呼她：

「何小姐，請進。」

鍾醫生抬頭，如常展示關懷的微笑，為她診治。

「情況好多了，如沒有特別的不適，心跳加劇或痛楚，就——」

她生怕被拒諸門外，視同陌路，一陣慌惶，呼吸又急速了。鍾醫生一邊安慰

一邊指示：

「放緩一點，對，吸——呼——吸——呼——」

「我又發病了。」

「何小姐，這樣吧，你需要多一角度診治，如果你同意，我想向你推介沈志強醫生，他有二十多年的經驗，是我學長——」

「我不同意！」

何慧欣拚盡全身力氣：

「我不要別的醫生，我只要你！」

此時房間的門適時被護士推開，她來「陪診」。

還有意無意地提醒：

「鍾醫生，後面一個booking因病人在銅鑼灣堵車，趕不及，臨時取消了——

Connie小姐問，如果可以提早收工，是否陪她買父親節禮物？」

「可以。」鍾醫生極其簡潔，但又正中要害的回答。

可以？那Connie，是他女朋友？陪她買禮物？父親節？——多麼親，一家人似地。自己是誰？

是多餘的第三者。

苦苦糾纏卻連一口活氣也沒有的枉死鬼。

連交男朋友的資格也遭剝奪？

看上一個「誤殺」她的兇手，卻招來諸般阻撓、瞧不起、想方設法擺脫？醫生與護士還合謀，你一言我一語，好讓她知難而退？

人已死，心不死！

好不容易動了真情，又可經常見面，向他傾訴心事，治療心病，吃一些根本

不會發揮作用的藥，但心靈充實，一天比一天喜悅，總想見到他，聽到他的聲音，吃到他送的蘋果……她又怎會「自動退出」？

她已一無所有，當然活在自己的世界中。

既已原諒他，包容他，難道不可以愛上他？短暫相聚已不滿足，他是我的獵物，任何障礙，必須鏟除！為了我的「唯一」，必須盡快得到他！必須！

這不是妄戀，也不是個虛擬錯亂、恍惚迷離之境界，這是在陽間徜徉的目的。不達目的，誓不甘休。

當何慧欣電話滋擾過十四次，又上門苦候時，鍾醫生總是出診、預約排滿、提早收工、休息、放假……他避開這個面目日漸憔悴猙獰的年輕女子，他對她沒有一絲轉圜餘地，走後門脫身。如此決絕，才可免除不必要的後患。

她開始等他下班、跟蹤他、在陰暗角落盡情任性地看他，還有他的女朋友，

說七八時之後不進食？他陪她吃台灣清粥小菜呢……妒火中燒！

不能無止境地旁觀了，相思煎熬比心臟病還要痛。還是付諸行動，掠奪過來，大家一起在陰間成為一對吧。

十二時正，24:00。

醫務所打烊，燈一一熄滅。人人下班，都累得回家倒頭大睡。

無家無主的孤魂，何慧欣倚在鍾展國那深灰色車子旁。就是這輛車——奪命工具，也是成就因緣的紅娘。

她將會編個藉口，裝作病發，生死一線，求他送她一程。上車後，二人困囿的空間，他逃不了。

把煞車弄壞，製造意外？展露恐怖面貌，即時嚇死？道出亡故真相，動之以情，同歸於盡，把他帶走？……

門開了。

鍾醫生出來了——

巨蜥

王順的妻子抱着娃娃坐在門外小攤子旁，深秋的陽光底下，暖和暖和。胡同裏走過鄰居陳家嫂子，抱着雙眼哭得腫如核桃的小柱子。她有點納悶，追問：

「看過大夫啦？」

「看了。大夫給刀傷藥敷着。可難受了，缺了一塊肉，血窟窿似的，得好一陣子疤才結過來。唉！」

「小孩打架吧，弄成這樣？」

「就是。小柱子才兩三歲，站也站不穩，來了個小子，乘大人沒看牢，打起來，欺負他，咬了一大口——」作娘的心疼不已。

「人呢？」

「跑了。不知哪來的野孩子，臉生得很吶。長得又醜，滿臉斑斑點點的。誰

沒爹生娘養？那塊肉給叼走了，狗一樣！」

「哦？吃肉的？」王家嫂子心裏懷疑，嘴裏當然不好說，只覺詭異莫名。

「來了個妖怪嗎？」

人走過去，她心頭一緊。

懷中娃娃餓了，癟嘴要哭。她正待奶孩子，一抬頭——忽地與角落一雙圓滾滾的大眼睛面面相覷。

她像半截木頭僵住。一時間手足無措。

——是一條巨大的蜥蜴。

北方人喚「蠍虎子」，可見有多毒。可坊間的蜥蜴再大，大不過巴掌。從來沒見過跟手抱娃娃差不多，在牠們來說，已夠巨大，已成精。

牠四條腿的趾上，都有一褶一褶的瓣膜深溝，走在屋頂牆壁都吸附得牢，不

知甚麼時候來，不知甚麼時候走。無聲無息。

這巨蜥真醜惡，身上佈滿斑點和疣顆，鱗片都是紅綠藍褐顏色，頭上還豎起硬刺。也許牠在附近一帶老房子已呆了幾百年。年久失修的建築物，就是藏着妖怪。誰也料不到，毫無防備的一刹，牠出來了。嘴角還有血跡，難道是牠？為甚麼是今日？

原來也躺在大太陽下好取暖，盡情吸收早晨陽光的熱能。都說蜥蜴的血是涼的，曬暖了身子，才有力氣覓食。收斂銳利的眼神，牠若無其事，分叉大舌頭驀地閃出，就把空中飛過的小鳥兒捲掉了。那小鳥兒實在亦死路一條，天冷了，還沒找到地方歇息，又沒朝南飛，活該成為巨蜥的早點。電光石火間一個小生命結束。

巨蜥與王家嫂子對峙着，雙方目不轉睛。看來嗜肉的牠有目標了。

她緊緊抱着孩子，恐怖地大喊：

「順子！他爹！快來！」

當家的做燒餅油條，天還沒亮已經忙着。過午還把做好的挑到天橋市集叫賣。王順腰間圍着布圍巾，手中拎着擀麵杖，正揉擀麵團壓扁做油條。

回頭走近，不用多說一目了然。巨蜥瞅着粉嫩的嬰兒，滿嘴饞液似地。舌頭微伸，十分可怕。妻子見過牠捕獵，生怕孩子成為獵物。王順從未見過的怪物，光天化日下現身？男人唾了一口，一邊勇猛抄起傢伙，勉力保護妻兒，對付那蓄勢待發害人妖怪。

所謂「傢伙」，不過是他案板上一把刀。日常用來做油條時切麵用的。刀根本不算鋒利。至於那根擀麵杖，沾滿了粉，亦不似具備殺傷力的武器。

——正當巨蜥急爬近人時，王順顧不了一切，亂砍亂敲，牠身體很硬，都砸不爛。

妻子嚇得尖叫，以身護兒。

「不好了，牠撲過來了！」

慌得伸腳就踢就踹，無濟於事，還一度失足。

「油！順子！鍋裏的油！」

一言驚醒，王順飛快舀了一勺油，朝巨蜥潑。油又滾又燙，中了怪物，但也四濺。王順只忘了傷忘了疼，一心把牠往死裏打，當牠輾轉掙扎時，刀杖就砸向身體。閃避間，尾巴中招了——馬上就斷掉。

一般蠍虎子尾巴受襲，會得自己斷掉，這叫「自割」，不用刀劍利器，是自己運勁割斷逃亡，擾亂視聽，保住一命。巨蜥不知去向。

尾巴離開身體後，神經並未馬上失去作用，不停擺動，亂竄，像個不甘心的亡魂，還會跳躍，據說鑽到人的耳朵裏肆虐。

「快捂住耳朵！」

王順和妻子共得四手，先照顧娃娃，又忙着自保，連肩膀也出動了，堵得嚴嚴的。二人還合力把那截血肉踩至稀巴爛……

兩個大人一個小孩，慌亂了半天。女人驚魂未定，痛哭起來：

「嗚嗚——」

此時她雙腿一軟，癱倒地上。鄰居聽得鬧嚷，不知發生何事，都聚攏相問。血污模糊，妖怪影兒也不見了，四下張望：

「就蟲子吧？有啥大不了？」

都四散。半信半疑。

王順忙着收拾殘局。連自己也半信半疑。

把翻了一地的雜物弄好後，娃娃早已睡得香了。

「不知道會不會回頭？再來怎麼辦？」

「別想太多了。放心，有我。得買個網，買把刀……」

夫妻累極，但無法釋懷，猶有餘悸。

「明兒表叔那一頓，去不去？」

「對，你一提才省得。」

「不去就失禮。他六十大壽，又加上孫子滿月，雙喜臨門。」她道：「可你去了，我——」

「再說吧。」

表叔家住城西偏遠。養豬養雞出租田地，環境不錯。

翌日，太陽還沒下山，有一個老頭拎着壽禮在趕路。喃喃自語：

「看來今兒酒宴有得鬧的，雙喜臨門，高興高興。多待一宵吧。」

可心不踏實。忽有人喚：

「老伯可是往趙家？」

身後不知何時來了壯碩中年漢，老頭吃了一驚似地。那人自報姓名：

「我叫王順。趙慎是我表叔呢。現在趕着賀壽去。」

老頭大喜：

「着啊，原來大夥同路，正好結伴，免擔驚受怕。」

「你怕甚麼？」

「怕妖怪呀。」

「甚麼妖怪？」

「都是人家傳說的。寧可信其有，不可信其無——」

「有我在，別怕！」

老頭沒說甚麼。二人一起上路。

未幾，天已黑了。

忽然颳起急勁罡風，雷電交加。他倆匆匆交換一個眼色。

「是旱雷。」老頭道。

閃電如一束奇形怪狀的樹枝，在迷迷濛濛的天空咔嚓猛地亮了一下，轟隆的雷聲，如巨人咳嗽，在二人頭上乾噴。

「沒雨，打甚麼雷？」

藉着閃電的藍光，老頭和王順深深互望，轉瞬又回歸到黝黯的山路。

「旱雷，怪怪的。」老頭自語，望向王順，饒有深意：「有點不祥。」

見王順未答理，他又補白：

「要不，怎麼會有妖怪的傳說。」

王順一笑：

「我們趕夜路吶。哪壺不開提那壺——一說，牠來了怎辦？我還得保護你。你是陳四陳老伯？」

王順見老頭走得不利落，腰板僵硬，一拐一拐的，便問：

「陳老伯你可是受了傷？」

老頭歎氣：

「腰腿、下盤有點不中用了，天氣一變，就疼。」

「如何受的傷？」

「遇上歹人了。」老頭恨恨：「早前在路上被人搶劫，打倒在地。」他撫摸着屁股：「走也走不動。多虧你表叔趙慎，他和兒子到城裏做買賣，幫我逮住歹人，還扶起給敷了白藥。」

「是表叔救了你？」

「可不。」老頭道：「我這人一把年紀了，有恩報恩，有仇報仇。我也沒甚麼厚禮，趕去道賀，以表心意吧。」

「對！」王順臉色一沉，瞇着眼：「有仇報仇！」

老頭端詳一下，見着他傷痕：

「你的臉怎麼回事？又紅又腫？燒的？」

「讓燒開的沸油給濺的。還沒工夫治好，有幾道，爛爛的，疼。不過還仗着皮厚，沒傷到裏頭血肉。」

說着說着，那王順看不分明，腳底下被盤捲的樹根絆倒，一個踉蹌，步履凌亂的大個子，額頭就要撞在尖石上，不死也得流攤血。

老頭想也不想伸手拉扯住。他氣力不足，險些連自己也被牽累。一念之仁救

了他。二人倉皇站定。

「你怎麼啦？」他問：「好像比我這老頭還差勁？」

「都怪那油！」王順氣忿：「把眼睛弄傷了，這邊，看得不分明，還好沒弄瞎了。我跟他沒完沒了——」

「說的是仇人麼？」

「你扶我一把，於我有恩。那傷我的，當然是仇人。」

「跟誰結的怨？」老頭試探着：「怎的澆到油？」

「唔——就是那蠍虎子——」

「哦，原來傳說中娃娃大的巨蜥是真的！」老頭望定王順待回應：「現在呢？」

王順不希望繼續這話題：「跑了，不知道逃到哪去？」又問：「表叔的孫子

給改甚麼名兒你曉得嗎？六十歲才得一寶貝——」

老頭沒讓他打岔：

「那妖怪會回來報仇嗎？你怕不怕？」

「怕不了那麼多了，兵來將擋，水來土掩也罷。」王順拍拍胸口：「有膽子就來吧！」

老頭忙捂着他的嘴。

「快別招搖，惹惱了，肯定來尋仇，也連累我這老頭子。」

王順笑：

「老頭子，他才不放在眼裏。你的肉又不好吃。」

「還是小心的好。」老頭不以為然：「妖怪很厲害，沒個防身的東西，打不過他！」

「哼哈，這倒是真的！」

老頭狐疑地與王順結伴同行。王順又不自覺地防備着他。二人各有所思，爾虞我詐地，終於趕到趙慎的壽宴。

趙慎出來迎賓。僕人收下壽禮，端上好茶。

趙慎急不及待相問：

「老陳你們趕來了，也不算太晚，還有兩個客人沒到——一路上走得乏了吧？沒事吧？」

「就打了個旱雷。」老頭道：「幸好沒下雨，看來是天公造美。」

王順笑：

「別談掃興的事。祝你年年有今日，歲歲有今朝。」

「那是預祝明年又添一孫子嗎？三年抱兩也是辦得到的。」

趙慎的兒子趙忠訕訕地笑了。

酒宴擺開了，主人熱情招待。

老頭望望王順，王順又瞅瞅老頭，均一如常人，談笑風生。

雙方皆無破綻。

直至酒過數巡，媳婦把娃娃抱出來見過賓客。

滿月的娃娃，剛睡醒，柔軟的紅嘟嘟的小嘴像花蕾一般。臉蛋白裏透紅，見到血脈流動似地，太誘人了。

大家都被他吸引，多逗人愛，實在是爹娘心頭一塊嫩肉。

——就在此時，王順眼神閃亮，變得十分興奮。

他排眾上前，伸手撫摸小臉，還不住讚歎：

「好漂亮！好香！娃娃都帶奶香——」

把頭湊上去，用力吸索。

老頭冷眼旁觀。

王順竟把舌頭微伸出來，往嬰兒粉嫩的臉頰偷偷舔了一下——

「是我老眼昏花麼？」老頭吃了一驚，心忖：「他真是主人的親戚？抑或是逃脫的妖怪？」

連忙向趙慎耳畔悄悄問道：

「這肯定是你表姪麼？」

「問得好奇怪啊！」

「老趙，」他正色地：「我就瞅着不對勁，一路上也不對勁。你瞧你瞧，他要吃掉你孫子——」

趙慎哈哈一笑：

「這王順！也是當爹的人了。自家也有個娃，要聞奶香，一天到晚都聞得到。」

「怪癖！」王順自嘲：「怪癖！」

皮笑肉不笑，用另一隻完好無恙的圓滾滾的眼睛，瞪了陳四一下。老頭心裏發毛，卻也不動聲色。

露餡了，看你下一步怎麼走……

趙慎見陳四竟懷疑他姪兒要吃人，心想：

「老頭喝多了，儘說醉話。」

他強調：

「王順是老實人，家住城中紅爐胡同，賣燒餅油條，別看他小買賣，生意真紅火。」

又笑：

「一手案板『打花杖』，遠近都聽得見，知是開爐子烙餅了。」

他說來有根有據，陳四老頭仍不能釋懷。世面見多了，這所謂「王順」一身透妖氣。

是晚酒闌人散。

主人見二人住得遠，不好趕夜路，留宿一宵，明兒再回去。

「客房雖不大，有床鋪被褥好招待。」

那王順挺高興的。還道：

「你不提出我也得留。酒喝多了點，不好趕路。」

深夜。

天上沒星沒月，四下靜悄悄的，夜，已像一頭獸，張開黑洞洞的大嘴巴……

二人皆睡不沉。喝了不少酒水，憋得忍不住。老頭欲起來上茅廁。一瞧，身邊的王順不見了——想必亦小解去。

已是三更時份。天太黑了，他點了個燈，免得跌撞，也壯個膽。

燈光如豆，卻也窺見人影。

只見那王順，躡手躡足，走到一個房間外，鼻子用力一再嗅吸，斷定是這個了，嘴角露出貪婪的獰笑，正欲噴出一股妖氣，忽地，王順感覺身後有異樣，定是身份敗露了。

只聽得老頭沉聲正色：

「你高抬貴手，才剛滿月的娃娃。」

「甚麼？」

「趙家沒招你惹你，放過他們吧。」

王順不耐煩：

「放過？一旦你們抓到我，還不是千刀萬剮油燙火燒？你們人類會放過我嗎？」

「那，」老頭豁出去：「你把我吃掉也罷。」

「哈哈哈！」像聽到世間最荒謬的笑話：「你？你有甚麼好吃？人就是這樣，愈老味道愈臭，還沒半點自知之明。」

王順不屑：

「我已吃過娃娃的肉，就不能往回走。」

「趙慎父子是我恩人，我不能眼巴巴看着你來謀害……再說，我也救過你，我是你恩人——你不是說，有恩報恩，有仇報仇的嗎？」

「報恩是包袱，報仇圖痛快。我不曉得報恩，只懂報仇。別忘了我們的血是

涼的。」

驀地轉過身來，昂起頭，強悍而陰森，脖子伸長，鋒利的牙齒磨動着，還發出「嘶嘶——嘶嘶——」的微響。前肢把身體撐起，斷掉尾巴的部位，再生一點肉瘤，未及成長復元，他又來了！

就是那為生存掙扎，為食物鬥爭的，能跑、能爬、能攀、能游、能潛……還能幻化人身的巨蜥妖怪。他不是王順——他來此，為了那香甜嫩滑的嬰兒血肉，這才是世間美食。成精了，當然會挑選。

朝着陳四，以牙縫迸出陰寒的語調：

「太多事了，礙手礙腳！」

「人來呀！妖怪呀！」老頭大喊：

「救命呀！快保住娃娃——」

壞我好事？巨蜥憤怒了。牠以驚人速度「颼」地一下衝前，咬斷老頭的脖子，又「咔嘰——咔嘰」地嚼碎頭骨。

巨蜥原愛吃鮮嫩的蟲魚小鳥，也愛鳥卵。但最美味的，已到嘴邊的一塊好肉，被這老頭生生放走。人老了，滄桑了，肉又韌，又酸，又鹹，又苦，骨頭也特別硬，一點也不好吃，聊勝於無，巨蜥匆匆吮盡他的腦漿骨髓，閃電一般，逃得不知所終。

趙家的人慌亂地掌燈生火，院子照亮了。一地狼藉，都是血污，還有嚼碎的骨頭。陳四為報恩，已血肉模糊死無全屍。

大夥也發現失去王順蹤影。

不知殺人動機？也不知逃往何處？但最大嫌疑是他！

趙慎馬上報官。

「殺人兇手是王順！」

巨蜥的夜宵報銷了，但他「嫁禍」成功，可報油燙尾斷之仇！

天亮了，官差奉命到了紅爐胡同逮捕。趙慎帶的路。

他們見到「兇嫌」王順。

王順用布兜把娃娃揹在背上，正忙着。

只聽得一陣「劈啪、劈啪、劈啪……」的聲響。

如常在「打花杖」呢。

和麵要加一成發麵團和九成現和的麵，揉透發透，每回按十個燒餅的量揉成長形，擀開，一手拿着麵的一頭，甩成長片。在案板上摔麵，發出劈啪之聲，另一手慣性地，拿着擀麵杖不斷敲打案板——這是王順的「絕活」，忙，但節奏美妙吸引。好比報時。

只要附近的人聽得，如同公告：攤檔開爐子了。

還有人在等他壓扁麵團抹上糖黏上芝麻，上爐烤烙，熱騰騰的，和着油條一套，邊走邊吃，幹活去。

他一抬頭，見趙慎，不知就裏，還連聲道歉：

「表叔不好意思，昨兒沒去祝壽，別怪後生失禮。老婆嚇病了，出不了門。得帶孩子，還得幹活，天還沒亮摸黑忙到現在——」

看真點，竟有數名兇神惡煞，帶了鐐銬來逮人的官差。莫名其妙。

「咋的？沒去喝壽酒也犯不着告官吧？」

鄰居又好奇地聚攏相問。

一個還打抱不平：

「他家打跑了妖怪，收拾了一整天，走不開。你當壽星的怎的不近人情？還

來抓人？」

一眾怔在當場。

王順根本沒出過門。

昨宵殺人那「王順」又在何方？

奶媽殺出新血路

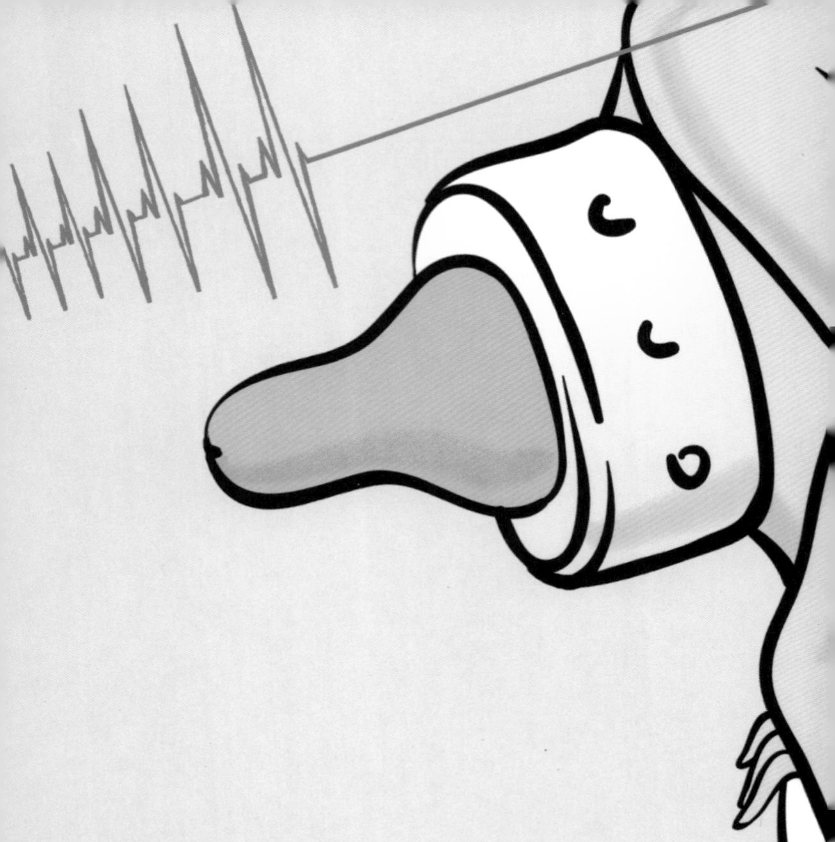

兒童醫院外仍排着長長的人龍，基本上候診室已人滿之患，再也沒有足夠人手去為懷疑腎結石的嬰兒檢查了……

焦灼如焚憂心忡忡的母親，抱着痛苦嚎哭，或是奄奄一息，無力哭喊的嬰兒，一直不肯離去，只求：「救救孩子！」

○八年九月傳媒披露三鹿奶粉含工業原料三聚氰胺事件，毒害數之不盡的嬰兒，原來於三年前甚至更早已開始了，官商勾結隱瞞真相，「腎石寶寶」的新聞不過是引子，牽連愈來愈廣，醜聞愈揭愈恐怖。

「人家孩子一拉一大泡，可我家寶寶兩三天沒尿了，可憐呀！」

這個嬰兒膀胱發脹一如小丘，手術後一堆沙石，可以想像有多痛苦。因腎結石、腎積水、急性腎衰竭而死的病嬰已有數名。

「不止三鹿，國家質檢總局現在才宣布調查結果，廿二個牌子的奶粉都有毒——

幾乎全國的奶粉都信不過！」

「寶寶有個不測，我也不想活了！」

母親驚悉「中招」，呼天搶地，令人心酸。

全國近三十萬嬰幼兒患腎結石，保守估計六人死亡——毒奶粉不但禍延全國，甚至全球，除了育嬰之外，還衍生其他奶類食品、蛋糕、餅乾、冰淇淋、冰棍、糖水、麵包、奶精、玉米濃湯、大白兔奶糖、罐裝飲料……輾轉流竄，毒害蒼生。

抓十幾個奶農當替罪羊？拘留負責人？高官下台？索償？憤怒？詛咒？吵鬧？

「有甚麼用？人命啊！」

「我對這個社會沒有信心了，吃的、喝的、用的、穿的、住的……統統不可靠！」

「我們還可以相信甚麼？」

「世上有甚麼是安全的？」

痛定思痛，受盡折磨的母親和準母親覺悟了。再沒有人比她們更疼愛自己心頭一塊肉，與其血汗錢養肥了喪盡天良的奸商貪官，還得四處奔波搶購，眼瞅着進口的外國奶粉坐地起價還缺貨，負擔不了——

「不！我們不能靠國家靠黨靠政府，我們要自救！」

「靠人不如靠自己。」

對！孩子們，世上只有媽媽的乳汁才絕對安全，可靠，無毒。母子血脈相連，相依為命——只有返璞歸真，母乳育嬰才是唯一出路。

從此，堅強的母親們決定不再受毒奶粉煎熬，不願為這些後患無窮之物擔驚受怕，加入母乳育嬰行列的人愈來愈多了。

食肆、快餐店、百貨公司、遊樂場……很多公共場所，一一設置「哺乳專區」。孩子餓了，她們解開襟前鈕釦為他哺乳，這是母性天職，各界尊重，肅然起敬。

若夫妻雙職工，上班的媽媽會趁午膳時間趕回家，或收集後託公司速遞母乳。這肯定是營養豐富最佳食品，不但放心，還快高長大，無後遺症。最重要的，寶寶吃後，無石可結，有尿可拉。

受過教訓六神無主又幫不上忙的爸爸，也曉得從旁安慰、讚賞：「還是媽媽的奶好，溫度適中，隨時供應，不必沖調，無菌無毒——而且，容器十分美觀！」

但並非每個母親都可親餵母乳，於是一些特殊行業應運而生。

拜毒奶粉所賜，早已消失的老行當復甦了。市面湧現當時得令價高者得月薪

高達二萬的「乳母」，即「奶媽」——有奶便是糧，大家搶着要。

從前在「老媽店」出入的分四種：老媽、廚娘、陪嫁僕，還有奶媽。排排坐着的中青婦女，等着應徵工作。薦人館相當老土吧？但時移世易，奶媽都應接不暇了。

當奶媽實在是份優差。

根本毋須操勞費勁。她們十指纖纖，細皮嫩肉，體態豐腴，養尊處優，至緊要身體健康乳汁香甜濃郁芬芳。

一個奶媽驕其同儕：

「這是我一生中最快樂的日子，游手好閒，收入不菲，而且無本生利！」

那些日理萬機的職場女強人，都恨得牙癢癢。

壯碩健美又產量豐富的，不但可兼職，奶幾個嬰兒，還可索取滋潤補身的津

貼，確保用家得到最佳服務。

有聰明的，還擠好一瓶瓶人奶可保溫可冷藏備用，她就偷閒去shopping了。

畢竟供不應求，所以向海外招手。香港好些十四五歲無知少女，偷食禁果懷孕足月，懵懂地朝馬桶「撲通」一聲誕下胎兒。她們害怕起來，棄嬰殺嬰。形象負面，自我價值甚低。

但原來，這些年輕力壯的青春奶媽，北上殺出一條新血路，她們不用育嬰，乳汁便是生意，還可當暑期工賺一筆，自力更生。一名中三女生笑道：「客人需要的是奶。奶好，奶媽背後的故事好不好誰管？」

出路不錯，連墮胎的人也少了——怎能半途而廢功虧一簣？

生意紅火。不過在中國，仍有「階級觀念」。

由於質檢結果，連著名的乳業龍頭如：伊利、蒙牛、光明、雅士利……等品

牌，亦含三聚氰胺。蒙牛標榜「中國航天員專用牛奶」，〇三年起贊助太空人升空，大賣廣告；伊利又是「京奧合作夥伴」，很多人因為虛榮而成為奶民，以致成人也擔憂忙着驗腎去——如今伊利不利，蒙牛蒙污，國家運動員優秀航天員這些天之驕子，誰敢喝？

「神舟七號」又升空了，不管是太空漫步抑只拽繩行動，出艙時身穿中國自行研製價值三千萬元的宇航服，他體內不能有一小顆喝過「專用牛奶」後生出的腎結石，這是難以承受之重！

代言人劉翔跑不起來，一個欄也跨不過，到底有沒有一點點的影響？

不，這些國家重點全力栽培的尖子，一定得喝最好的奶！

一定得找最好的奶媽！

向歷史尋覓指引——

明朝，北京東安門外稍北，有「奶子府」，提督司禮監太監管其事，每季選乳母四十名蓄養，為宮中皇子提供乳汁。清朝，慈禧太后每日必喝人乳，駐顏長青，容光煥發，神清氣朗，體格強健。提供「補品」的奶媽稱「嬤嬤」。

不管乳母、嬤嬤、奶媽，她們侍候的皆非凡夫俗子老百姓，身份自是不同，中選條件亦苛。

綜合而言，年齡當在二十上下，不過三十。剛生產過的少婦，新生嬰兒健康，丈夫亦方正。她本人：(一) 乳汁好，鮮美香濃。(二) 體格好，無病痛隱疾。(三) 相貌好，端莊悅目。(四) 品性好，寡言收斂。

一旦成為大內奶媽，聲價百倍。天天錦衣玉食待遇優厚，她們的乳汁，亦專為領導階層享用。

所以替代蒙牛、伊利的奶媽，是國家嚴選「一級奶媽」。

「俺是營養着金牌選手和征空英雄的幕後功臣呢。」一名千挑萬選的新貴微笑：「若非三聚氰胺，俺哪有今天？」

迷

藏

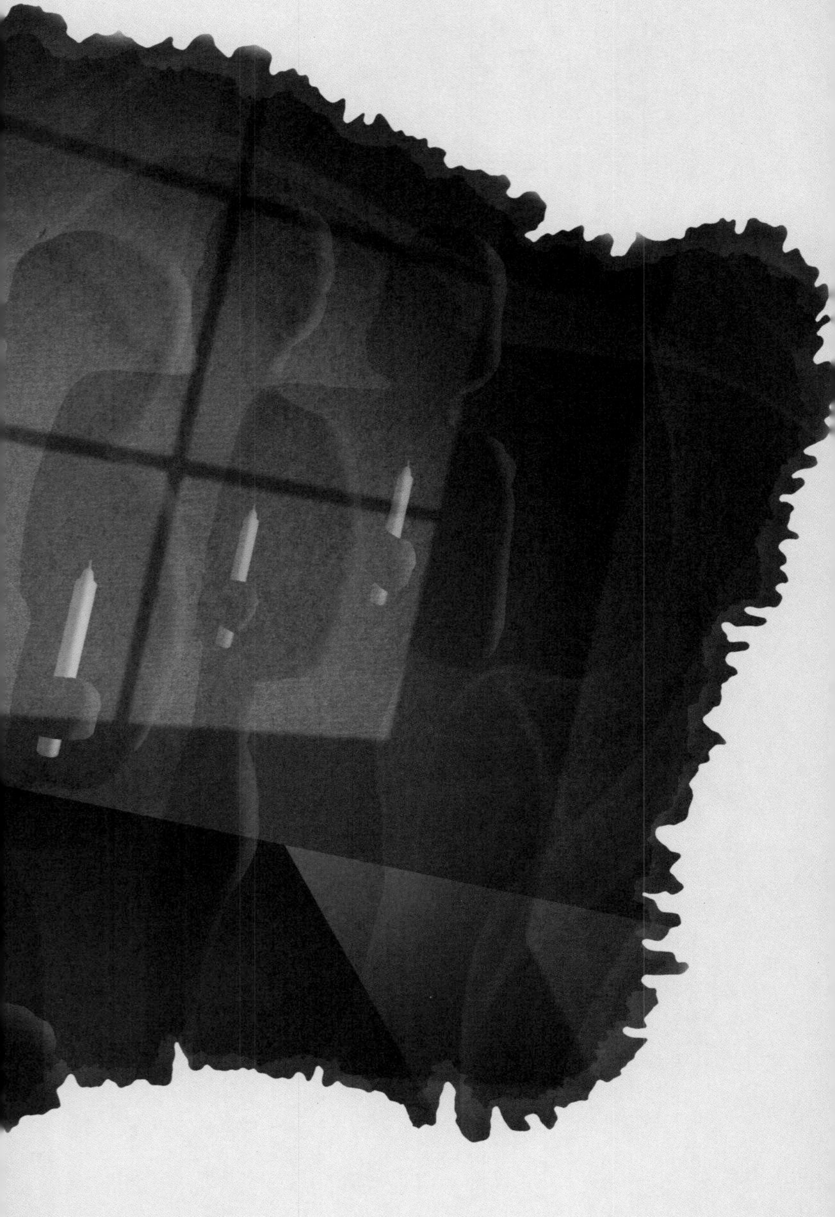

「肥強，這一陣的活動你都不參加，究竟怎麼了？」阿寶打電話來，約他去冒險。

「天文台說，中心風力高達每小時170公里，你有沒有看電視？終於改掛八號風球了，我們幾個，七點半集合一起到柴灣岸邊看浪去。嘩！奇景！個個浪都有30呎高——」

「我不去了。」

「甚麼？你一向最大膽了，奇怪，最近次次約你都不來。」

「——我的病——還未好。」

「吓？幾個星期了，還未好？」

肥強的病一直未好——正確而言，他還是怕，特別怕打風！

總之一到颱風襲港的夜晚，每當外頭狂風暴雨敲打門窗，他就開始顫抖，一

定把所有的燈都開了，滿室亮堂堂的，才有安全感。連睡覺也不敢關燈。甚至不敢睡。

本來阿寶說得對，他是他們班上「七劍俠」中最大膽的一個。他們七人包括阿寶、叉燒（父親開燒臘店）、星仔（長得有點像周星馳）、大K（Ken）、小K（Kimmy）、驚青（一聽就知受不了考驗）。交情特別好，課餘相約一起打機、踢波、燒烤、游水（最近還學跳水）……上網找尋新玩意，例如內地視頻上出現的北京「跑酷族」——健兒在大街小巷一遇障礙便跑、蹦、跳、跨、翻……就是不繞路。身手好得不得了。

自從上回在海邊度假屋回來後，肥強變了。他本來是肥仔，一下子消瘦了差不多十磅，一度還脫髮，家人中藥西醫的給他治，總算平復下來，還以為吃錯東西，食物中毒，或不知名病毒感染。一向沒喝蒙牛或伊利的盒裝奶，所以應該不

是三聚氰胺的毒。但肥強曾經尿過褲子，很羞家。該晚之後他沒說甚麼，反正很累，愛鑽進被窩，燈亮着，度過漫漫長夜。

真是個怪病。

其實在那回度假之前，他一直是「搞手」，「七劍俠」中的話事人。怎麼變了？

一切只為一個遊戲。

那回長假，他們訂了三日兩夜的度假屋，準備玩翻天。還在屋外搭好燒烤爐，游泳後大食會。

誰知天不造美，忽地來場急雨，下午還懸掛三號風球，大家商量一下，晚上可能改掛八號，也沒有船回去了。一切戶外活動告吹，只能把肉食搬回屋內，隨便弄熟就吃。

走不了，非常無聊。八號風球果然高懸，風雨愈來愈烈。門窗關上了，雖然開了冷氣，仍覺悶熱，心理上的「悶」吧。

光看電視太老土。一個嚷着出去淋雨，看浪；一個情願倒頭大睡；一個建議玩些遊戲瘋狂一下……

「不如我們捉迷藏——」叉燒道。

「有沒有搞錯？」大K心忖都快中學畢業了，竟提出玩捉迷藏？「這些低B遊戲實在侮辱我們！」

「不。」叉燒不服氣：「這不是一般的捉迷藏——是一個已經失傳的遊戲！」

「為甚麼？」

「因為沒人敢玩。」

「不敢？」愈是這樣説愈是吸引。鶯青裝腔作勢：「誰不敢？接受挑戰，快説！」

這是「天師捉鬼」。相信很多人也沒聽過，沒玩過。

各人先拎出一百元作為「獎金」——有獎金，當然刺激些。七個人，彩池中便有七百元。

然後準備七張紙頭，分別是一張「天師」，一張「鬼」，其他五張是「人」。遊戲玩法很簡單，必須在黑暗和靜默中進行。把鬧鐘調校好，時限十分鐘。抽到「鬼」的先躲起來，也可在黑暗中任意行動閃避；抽中「天師」那位，任務便是捉「鬼」。各人四散，當天師捉到的不是「鬼」，那被捉的要輕喊一聲：「人」，表示他的身份，「天師」拍拍他的肩膊，被收歸旗下，當他的助手一個一個搭着肩。「天師」繼續四下捉「鬼」。

當然大家也會在黑暗中互相碰撞，同道中「人」，耳畔聽到相互細語：「人」，便分開活動。一旦碰到對方不回應，心知他是「鬼」了，自己沒有能力捉「鬼」，亦馬上分開。

整個遊戲中，「天師」和「鬼」是不准發一語的。

十分鐘鬧鐘響起之前，「天師」捉到「鬼」，贏了，可得一百元。十分鐘後捉不到，便算「鬼」贏，他得一百元。彩池中獎金發完，各人再湊份子。

遊戲當然有遊戲規則：你是「人」就是「人」，是「鬼」就是「鬼」，不能胡報擾亂，也不能出術，在紙頭上寫錯身份。這個遊戲，大家都希望抽到「天師」或「鬼」，兩個是主角。其他的「人」不過是配角。

肥強和阿寶把紙頭寫好了：「天師」、「鬼」、「人」。七人抽到後一看，心裏有數，默不作聲。調校鬧鐘後，燈一滅，伸手不見五指，漆黑中只微弱呼吸

近乎屏息靜氣，門窗外的風雨，把這幫小伙子圍囿着。「天師」手伸出來，東摸西摸左摸右摸前摸後摸——抽到「鬼」的，危險！千萬別被捉到，率先找個安全地方。

第一個迷藏很快完了。

「天師」身後只收了兩個「人」，便把暗中閃躲流竄的「鬼」用腳絆倒。真是天意，他落網了，「天師」贏得一百元。

「快抽快抽。」都把紙頭拎出來，摺好重放桌上。星仔和小K催促。

馬上再抽，看看是否有博彩機會，尤其是抽到「人」的更失望，誰要當「天師」身後的手下人龍？

「哈哈！我抽到『天師』，看老子大顯身手！」

或是：「『鬼』！保佑我抽到『鬼』！」

——玩了幾遍後，肥強瞥到他的紙頭，一喜，這回他終於做「鬼」了。

「哼！誰也別想逮到我！」關燈前環視一下，心中早有策略。

他不知道，最恐怖的事將會發生——

遊戲已準備好了。肥強心裏有數，這度假屋有兩間大房、一廳、一廚房。廳中有沙發、飯桌、椅子（摺凳）、電視機。

他的策略是，搶先躲在飯桌底下，前面再攔一張椅子，由於障礙的關係，一般人不會伸手越過去摸索後面——這是心理上怕難的表現。除非他搬動椅子，才可擠到他身邊。

鬧鐘調校至十分鐘後響起。燈滅了。各人悄悄在黑暗中找個藏身之處。站在屋子中間那抽到「天師」的是叉燒。叉燒心中默唸三十下，便迅速行動。「天師捉鬼」開始了。

他比較精明，手腳並用來探路。

不一陣，已捉到一個。那成為俘虜助手的在他耳畔輕道：「人」。唏，不是「鬼」。被示意跟在身後，搭着「天師」肩膊。繼續努力。

藏身飯桌底下的肥強竊笑，就算再多助手，一定沒想到往下竄，他就穩勝。

忽地頸背髮尾一道微風，哦？有湊近這兒的？

肥強被輕碰一下，耳畔有回應：「人」。

遵守遊戲規則，肥強是「鬼」，自然默不作聲，對方是「人」，知那沉默的是「鬼」，得馬上彈開另找棲身地盤去了。

但那人不走。

他在肥強耳畔加一句：「人——我多希望自己是人！」

肥強一怔。哼！

玩變聲？這聲音不是大K小K，也不是阿寶星仔，更不是驚青的天生「震音」。這聲音飄浮，有氣無力。肥強心中狐疑，但轉念，一定是這批衰仔合謀整蠱。自己是「七劍俠」老大，豈會被嚇倒？

肥強想起袋中的鑰匙串有個小電筒，靈機一觸，拎出來由下往自己臉上一照，製造驚嚇效果，一於扮「鬼」。

小電筒光線不算太強。

在伸手不見五指的環境中，藉着小小黃色光芒，對方不但沒受驚，還在那兒一動不動，直直地瞪着他。

——那是一個從未見過的陌生者！

陌生者面目模糊，木無表情，手中持着一件物體。肥強再看，是根沒點燃的白蠟燭。

「誰？」肥強只能在咽喉發出怪異的疑問。

那「人」把食指放到嘴唇前，發出「咻——」的暗示。他貼到肥強的耳畔，悄無氣息，但又分明聽得清楚：「唉，我多希望自己是人！」

小電筒錯手一關。肥強已嚇得顫抖，完全使不出力氣……只感到整個頸背陣陣涼意，不敢亂動。在那兒調勻呼吸。

——為了真相，以免失威，勉定心神再把小電筒開了。啪！咦，那「人」不見了。肥強自瑟縮中硬着頭皮左右一瞥，沒有任何影蹤。探身飯桌外，四下依舊漆黑而死寂。

叉燒他們呢——一定是在兩間大房中穿梭「捉鬼」。果然，他在光芒一閃間見到他們。

他們！

帶頭的是「天師」。每抓到一個「人」，聽到一聲「人」，拍拍他示意收歸旗下排龍尾。

這條人龍好長——不能數也不易數。原本只得五個「人」，不知何時開始，一個搭一個，一個搭一個……也不知何處跑來，戀棧一下做「人」是多麼自由快活的非我族類，這個迷藏，叫藏着的異物，忍不住出來了。遊戲在進行中，「天師」迷茫地摸索着……肥強見此情此景，正想大喊，人龍中有幾個，驀地轉過頭來朝着他：「咻——」示意噤聲。這幾個，大衣口袋或褲袋中，都有一根沒點燃的白蠟燭！在靜夜中，那白色格外眩目。肥強恐懼得像被電鑽鑽進頭蓋骨，一身冷汗淋漓，目瞪口呆。

「鈴——」

鬧鐘突然驚天動地般響起來。足足等了一世紀似的十分鐘過去了。

這突如其來的鬧響，令混身哆嗦的肥強尿了一褲子。

「天師」失敗了：他捉不到「鬼」。「鬼」贏了彩池中一張百元鈔票。——但肥強並無半點喜色。

燈亮了，大放光明。肥強半句話也不敢說，半句話也不敢問，他只是虛弱地一個勁兒道：

「不玩了！不玩了！以後也不玩了！」

叉燒見狀道：

「算了，不玩了。累了休息吧。」

外面風雨交加，大家也許真的累了，漸漸睡得七歪八倒。只有肥強，僵硬熬到天亮。八號風球一下，趕忙上船離開。有人見到他濕漉漉帶尿臭的褲子，面面相覷，沒說甚麼。

之後，肥強一直病到今天。

香港秋季總是颳颱風，一個月兩三回。肥強脫髮的情況剛好轉，但瘦掉的十磅始終無法上去，幾乎沒資格喚「肥」強。

又是一個颱風襲港之夜。爸媽和大姊都已上床。全屋仍亮着燈，開着電視，好讓失眠已久的肥強安心點。

靜夜，門鈴陡地響了，肥強整個身子一彈——

哦原來叉燒來探望他。八號風球下的電視新聞，總有棚架倒塌或交通意外。風雨中來客，實在很有心。叉燒聊了一陣，有點依依不捨，嘴裏說着：

「肥強，我走了，一場老友，你好好保重！再見。」

卻沒有離去之意。幾番欲言又止。肥強問：

「叉燒，你大人大姐，怎麼吞吞吐吐？」

「怕嚇着你——」

「不怕啦。」肥強道：「燈光火着，又有你陪。」

「度假屋那晚，你記得嗎？」叉燒喃喃自語，如含着一嘴泥：「我很後悔，我真不該建議玩這個捉迷藏的……」

既已是一個沒人敢玩的遊戲，既已是失傳的「天師捉鬼」，一定有它的因由——為甚麼我們要玩？禍福無門，惟人自招。

那個晚上，抽到「天師」的叉燒，他數着數着，心知肚明，「來客」愈來愈多，深感身後人龍的莫測，一直不敢說破，怕嚇着老友，更怕嚇着自己。只等十分鐘過去，神秘遊戲結束。

不過遊戲並未結束。

叉燒思潮起伏。肥強聽得發言，心知他一定也遇上不該遇的「東西」了。有

人說了，他恐懼鬱悶的心防也打破，肥強自我釋放：

「我見到的『東西』，手中都拿着一根——」

「是不是這個？」叉燒從他口袋中掏出來：一根相同的——白——蠟——燭！

即使家中光亮如同白晝，窗外雷聲一響，急電一閃間，他看着臉容蒼白木無表情，但因交通意外半身傷得鮮血淋漓的叉燒，他不是人！肥強全身汗毛直豎，魂不附體，只聽得叉燒慘笑：

「我不想做天師，更不想做鬼。我多希望自己是人！」

兩條小命，四個眼珠

浩瀚佛經寓言，都說慈、悲、喜、捨……皆生活中蓮花。

喜歡信手翻閱一個個小故事，不依次序，不問教義，有時憑感覺，有時挑有趣的名目，例如《烈火鬥乾柴》、《不知死活》、《二鬼爭寶》、《治禿良方》、《群猴跳海》、《獅子割肉》，《就樓磨刀》、《婦詐稱死》、《病人食雉肉》、《乳汁的顏色》、《戴糞的人》……

我這人不乖，聽古愛駁古，且有點變態，竟自佛經中，看到「悽厲的畫面」。你別說，故事嘛，各有各的看法，才多姿多采。

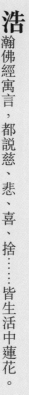

隨便提幾個：——

像《子死欲停置家中喻》，如此複雜，不外一個字：「殺」！

從前有個愚蠢的人，養了七個孩子。一天其中一個孩子生病去世，愚人見他既已死了，把屍體放在家中，自己卻要離開。旁人對他說：「生死不同道，馬上

把他安葬才是。怎麼遺留在家中呢？」愚人才恍然大悟。當他把死去孩子的屍體裝入擔子中，總覺重量不平衡，應該後邊也裝一個。於是殺了另一個孩子，令擔子兩頭均衡，挑起來順利，到遠處荒郊給埋葬了。

人們都嗤笑他，哪有這樣奇怪的事？

——奇怪？

血腥，冷酷無情之餘，還自以為聰明，不會顧此失彼，可首尾呼應。但此舉一點也不奇怪。

股市大起大落。波幅難料之時，這個動作便是「溝」。買的股跌了？傷亡慘重？不，它一定反彈！於是你趁低加注，企圖溝淡蝕少些，便可平衡了。誰知低處未算低，炒股散戶怎敵操控大局的大鱷？就此泥足深陷，掉進無底深潭。以為「殺子成擔」好蠢？但天天有人這樣幹，還理直氣壯。

又有一個《為二婦喪其兩目》，即「為女盲」。

男人意欲風流，享齊人之福。娶兩個女人，擺不平。與A小姐燕好？B小姐不高興；討B小姐歡心？A小姐又吃醋。無法解決，只得在二女中間正身仰臥。怎料那天下大雨，屋舍淋漏，不幸的事發生了，水土轟然墜下，正中雙眼——這個男人因為先前的約定，不敢起避，遂令二目俱失明。

當然，佛經寓意：水碗得端正，待人須公平，要做到這點，不能表現在形式上，而是有個實質方法，否則自苦。

——但這個男人多麼不合時宜少根筋。有色心便要有色膽，不敢做別開始，多一事不如少一事。找來兩個女人，自己又無心無力，吃飽了撐的？

你看淫照風波的「新世紀賤男」，現代西門慶和他的女人們，兵分十多路，逐個擊破，眾女心甘情願提供性服務兼四點畢露拍淫照，惹軒然大波。

男歡女愛情到濃時，關上門秘戲，與普羅大眾何干？官人高明，也許有辦法令每個女人都以為自己是「唯一」的！願打願捱。

當屋崩瓦裂迎頭痛擊血肉模糊之際，這個天下第一笨人還不馬上跳起床飛身跑掉？就是欠本能超低能，活該。不擅應變，不懂逃生，是沒資格享盡艷福的。不如老老實實接受一塊豬扒吧。

至於最恐怖的，來自極短的一則。

經中原文統共只有六句而已：——

「有人卒患脊僂，請醫療治。醫以酥塗，上下着板，用力痛壓。不覺雙目一時迸出。」

出自《百喻經》。說是「喻」，實乃驚慄片。甚有畫面感。

我們不是欠點同情心，不過故事中亦沒透露多少憐憫呀。

有人患了駝背之病，老是直不起腰，他特地請醫生治療。滿心期待從此不用再熬俯首彎腰的日子。誰知那個黃綠庸醫，煞有介事地先以酥油塗抹在他身體，不知下一步如何？病人還沒回過神來，醫生用兩塊木板把他身體上下夾着，再狠狠地用力一壓，極痛！病人兩隻眼珠子，即時被壓得蹦出來了。看，有聲有色有味道有懸疑，還有非常驚嚇之場面。當病人悽厲一喊，兩隻眼珠子含血迸出，簡直叫人心寒。

佛經故事當然充滿智慧。本來教訓大家：有病要延醫，下藥要對症，為人要謹慎，做事要正確。苦病需遇良醫，否則便貽誤生命了……

道理是這樣。不過我另有感想：

（一）這人並非不延醫治病，他對專業人士還非常尊重和信任。本來「醫者父母心」，不應多加懷疑。問題是，世風日下，很多醫者已變成殺手了，他們酷

愛判炎症成癌症、把如坑渠水般污穢帶菌的血輸給病人、一針令人半身不遂、動輒割掉女病人的乳房子宮……種種疏忽失誤草菅人命，到頭來官官相衞都可自圓其説，這情況古今皆然。所以駝背者是「遇人不淑」，如此不幸，還遭天譴？太不公平了！

（二）駝背此症，根本無法治療。世有奇蹟，但定局難翻。若他有錯，錯在「妄想」。

（三）夾板力壓，嘎嘎地響，其實骨頭碎裂折斷更駭人。明寫「眼珠」，已屬克制？

（四）黃綠庸醫落井下石，害人不淺，沒有報應嗎？正如炮製冤獄，無端關押，執法者不用負責嗎？

（五）即使肯諉過於太天真太傻了，也無法還原，恨錯難返。

書籤

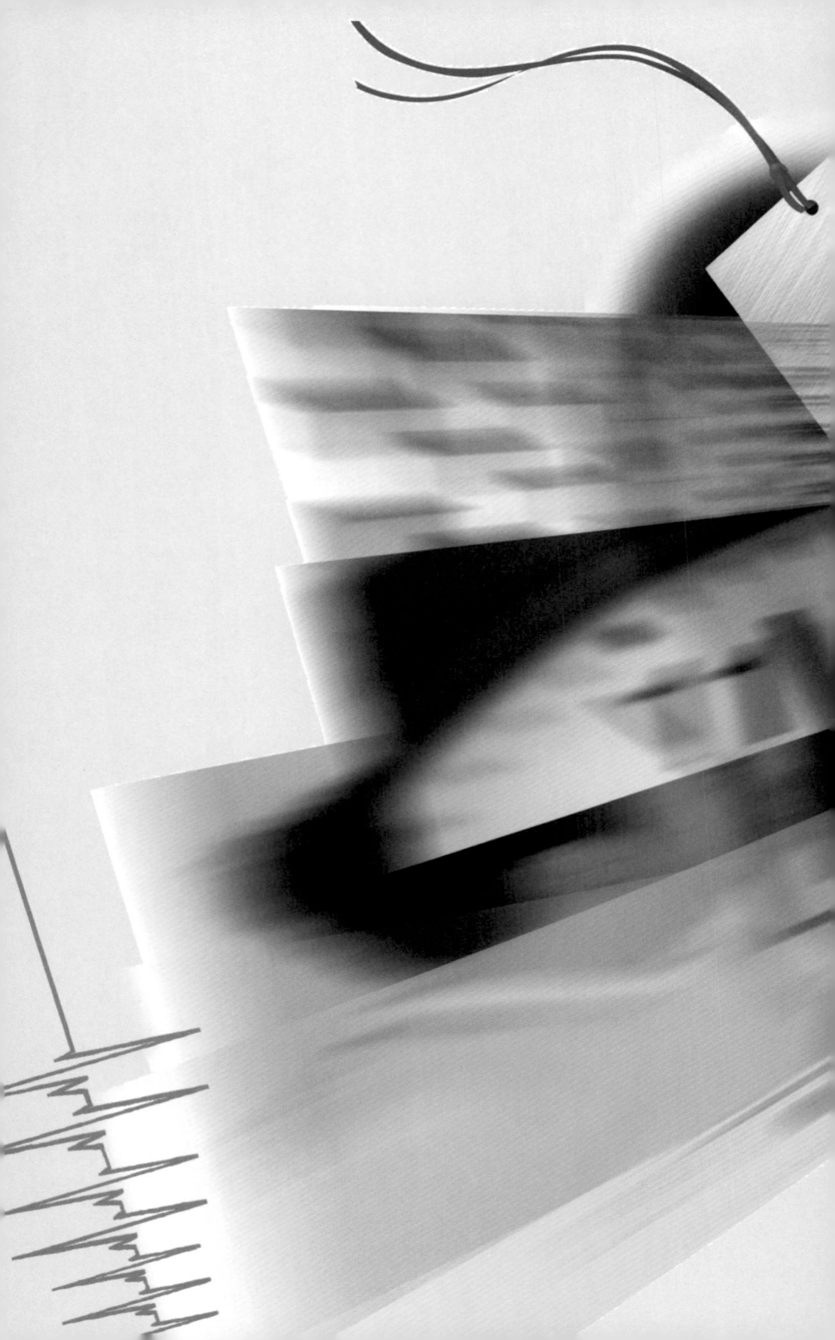

他出門後，才走了三步，忽然想起：

「冷氣關了沒？好像沒。煤氣好像也沒關，燈呢？還有，水龍頭彷彿在滴漏……」

回身待要開門，門匙呢？

把公事包、錢包都翻遍了，東西倒出來，還是找不到門匙。明明帶出來，難道遺留在餐桌上？要把鎖匠喚來嗎？手機呢？

在身上又搜又尋，原來鑰匙串放口袋中。那麼手機恐怕是忘了……真的忘了。

把該理的都理好。再出門。電梯一直下樓，咦？出門是辦甚麼事？約了誰？不是到銀行吧？應該約了人——但那是誰？只得等電話，讓對方提醒。

「安迪你怎麼遲到？現在幾點了？不是約好三點半嗎？」

啊，約的是女朋友喬美芬。省得了。

「我突然有點事，馬上趕來——可約在甚麼地方？」

這就是陳安迪最近的苦惱。

健忘！

不知甚麼原因，大腦皮層記憶功能出了問題，記憶力一點一點的損失、遺失、消失。

精神壓力大？工作包袱重？愈來愈嚴峻，「健忘」就會變成「失憶」了。

喬美芬初則埋怨繼而生氣：

「總是丟三漏四，總是說忘了。自從開始籌備結婚，一大籮筐的瑣碎雜項，都我一人奔忙，你呢？精神恍惚——你是不是不愛我？後悔了？」

後悔？談不上。

自己廿九了，美芬小一歲，是中學同學，青梅竹馬的戀人，雖然不同大學唸的學科也各自發展，但相識相愛十多年，暴風黑雨也拆不散。小時還海誓山盟過。

都步入三十而立之年，有「老」的感覺。人生的大事得一樁樁一件件循序漸進循規蹈矩辦妥，立業、安居、結婚、生子……

這條路是大多數人走的路，他陳安迪亦不過中等人材，雖然不致平庸度日，卻也有點兒不甘。

他唸書成績很好。過目不忘。

「我看書又快、又多。」他在女友面前傲然道：「甚麼都看，算算已幹掉千多本。」

書看得多不等於人中之龍。而且在高科技電腦時代，很多人已不看書了。他

是「底子厚」，以前看盡了，幾乎還想當個作家，自己寫書——但這是沒甚麼前途的，面對網絡已屬奢侈品的行業，才打消念頭。

陳安迪在廣告公司打工。辦公時當然利用電腦，下班後，仍會逛逛書店，買幾本新出版的書。

是哪一天？

努力地想想想……

那天，他拎起一本新書，隨意掀一下。

《新生命的第一頁》

不知是勵志文章，抑或科幻小說——

他發現一個奇詭的書籤。

是個銀色硬紙片似的書籤，頂部小孔繫了紅絲帶，沒甚麼特別。但書籤上面

沒有設計沒有圖案甚至沒有文字。

功用似乎只是夾在你尚未看完的某一頁，等待下回繼續。

書籤如同不太厚又不太鋒利的刀刃，把「前」、「後」切割。

他竟為了這個書籤，買下了那本書。心忖：

「好，就看看如何打開新生命的第一頁。」

晚上他在燈下翻書，看了幾頁，不知如何有點累，把書籤夾在裏面，倒頭大睡。睡得很好。

一覺醒來，身子輕靈，沒甚麼負擔地，準備上班。

「原來今天『自然醒』，比平日還早了一個小時。」

用不着鬧鐘，才清晨七時，陳安迪決定吃個豐富的早餐，順便把書帶着——

但書放在哪？一時找不着。

自此，他不但沒看完的書找不着，沒吃完的三文治也忘了擱哪。正在進行的工作中間總有遺漏。已經發生的事短時間內無法憶起細節。忘記該帶來或該帶走的東西。忘記電話號碼。物件放置之處總是無影無蹤反而在想不到的地方出現了……

更可怕的，忘記了約會。

「我找了你幾次，我們不是約好星期四晚上七點半一起吃頓飯？有事——」他大學同窗室友馬田，大家交情深厚如同兄弟，他也失約？真該死。

更該死的，馬田同他說這番話：

「安迪我找你是江湖救急，近日股市大瀉，我周轉不便，卡數又未清——想起幾年前你父親急病入院，我把積蓄六萬元借你應付難關——」

陳安迪聽了，竟無印象：

「是嗎？」

馬田急了：

「我一直沒追過你還，兄弟嘛，怎會計較？但這回實在艱難，大耳窿已上門騷擾家人了，你看能不能調動一下，幫我一次？」

「你借錢給我？有欠單嗎？」

「吓？這種話也說得出口？」馬田臉色一變：「我把錢墊出來，不能見死不救，哪想到欠單？你有沒有良心？現在反口不認？」

他真的一點也記不起。

忘恩負義——結果當然兄弟決裂。

他的「債務」又被刪掉了。

父親數年前癌病逝世，家中只有弟弟和母親同住。母親來電，着他回家飲青

紅蘿蔔豬𦟌湯，還有意無意提個醒：

「我知你工作很辛苦，回來飲湯吧——也許你太忙了，我不是催你，但，你已兩個月沒存錢到戶口，家用方面……」

忘了給母親生活費？這是從沒發生過的事？怎可能？

但，他竟連銀行戶口、密碼，統統忘記了！

喬美芬的笑臉不再，二人婚期押後，且面臨分手。而他似乎一天一天的，把這個女人淡忘。

最初，他還十分擔憂，還見醫生，希望知悉健忘症發病原因。醫生道：

「精神病、外傷、腦震盪、藥物影響、生活壓力、腦組織蛻變、休克、過度疲勞、酗酒、麻醉、悲傷……」

「都不是。」

「發生過甚麼事？」

「沒事發生。」

「另有些病發原因根本不適用在你身上。」

「例如呢？」

「衰老。」

「我年紀不大，才廿九，怎會衰老失憶？『老人癡呆症』未免太早了，開玩笑。」

帶着疑團離開醫院。

漸漸，他又習慣了這種輕快、空洞、冷淡、逍遙自在無任何前塵負擔的生活。

他一定不知道中招原因。

是那個書籤！

世人忘恩負義、忘情棄愛、得意忘形、樂而忘返、得魚忘筌、忘本、忘言、忘我……可能並非出於本意，心狠手辣，是因為一份意外的小禮物。

浩瀚書海中，大概每一萬本，其間便會夾着這個神秘詭異的書籤，看誰個幸運（抑或不幸）買到，它便開始發揮功力。

它讓主人從這一頁起，把以前看過的書、説過的話、認識過的人、到過的地方、流過的眼淚、生活中重要的責任……完全切割掉。所以你的承諾、恩義、盟誓、責任、回饋，亦拋在書籤之後。

你所記得的，從這一頁開始——新生命的第一頁，靠「忘記」來成全。

當完成任務之後，那本書，那個書籤，就不見了。

再尋找新的主人。

良殺

村子幾百年來都以養牛屠宰作生計。這裏的水好，草也生得綠，所以牛長得壯，肉能賣。

宰好了送到市集，價錢不錯。

可是因屠宰作孽，年輕子弟不願意幹，有些屠戶寧可自己有一天幹一天。殺牛殺了幾十年的趙一刀，刀光血影中道：

「兒子得送到城裏唸點書，千萬別繼承父業，免受殺生惡報。」

他自己跟村裏其他幾戶一樣，窮，沒辦法，祖輩宰牛，手口相傳，有力氣不怕血腥，只好過的俎板生涯，養妻活兒。

使的都是老法子。

牛老了，下不了田拉不了車，就面臨牠最後的貢獻。有些人家不忍，先用藥毒了牠，馬上送到屠戶處，可是牛重好幾百斤，死去時間太長，沒準一天一夜還

在哀嚎，益發費時費工，又操心。

有的比較狠，聽趙一刀他們說的：

「快送來，快刀快了。你們別摸頭別捨不得，一旁站去，交給我們吧！」

宰牛的場地，都又髒又臭，案板的側面和縫隙長出綠苔和黑霉了。牛場後面開了條小溝，方便把紅紅黑黑的東西排走。

老黃牛給送來了，不肯進去的得用力拽，為防掙扎，都四腳朝天先捆綁在帶凹槽的剝皮屠宰架上。三四名屠夫在旁磨刀霍霍……

為甚麼一來就綁？據說牛有靈性，知道自己面臨大限，會下跪，眼角還滴下淚來，哀鳴不止。屠戶吃的這口飯，不想面對如此情景，先下手為強。一綁好，動彈不得，用巨大的鐵錘朝牠頭部痛擊下去——一下兩下，通常受不了，吽叫得撕心裂肺。

宰牛多在半夜，以便天一亮便運送買賣。這種靜夜中的慘叫，人人知道兇殘，但又覺是生活必然。四鄰一受驚擾，多半爬起床，「砰！」一下把窗關上，不聞不問。

三下四下，悽厲的慘叫便戛然而止。

屠夫割開牛的脖子，放血。之後剖腹、取內臟、宰殺。為了賣得更多錢，多半注水。若是「打生張」，把活牛吊起，直接從鼻孔插入水管，通到胃和肺，再狂注鹽水，灌到全身膨脹，讓牛的血管、肌肉、骨頭裏都充滿鹽水。注鹽水因為容易凝固血液，牛肉又顯得鮮紅。不過這個工序極不人道，又得費好幾個時辰，所收工錢就貴些。宰死後再往心臟注些水，亦是常有。

近月來，村中出現奇怪的現象，小孩無故病倒，汗出得很多，很潮，還常流淚，雙目通紅且淚汪汪的，不知情者還以為他們死了父母，為身世哀哭呢。

村民湊了錢，找來跳神的、驅邪的，祈求消災解難。

他們心想：

「難道宰牛太兇殘了，牛的亡魂來作祟，報在孩子身上？」

請來的道士、法師、神婆子，都好像沒轍。屠夫也不敢動刀。靜觀後果。

一日，來了個「救星」。

他說他喚「老七」。

「我是不是排行第七，這不重要。我能不能當個大夫，這也不重要。我來是憑本事。」

「那你有甚麼高見？」

「我認為必須從根源着手。」他氣定神閒道：「你們村裏宰牛的手法太有問題了。」

大夥面面相覷。中聽！說到根本上了。都覺是孽報——可人們養牛、使牛、宰牛、吃牛、買賣牛，活了一家子幾代人，不能不謀生計。

老七笑問：

「你們猜猜我幹的哪行？」

結結實實一個漢子，有甚麼特別的營生？不外工農兵，搬抬的，種地的，賣力氣的。他告訴大家：

「我也是宰牛的。」

老七來自城東十五里外的村子。他自誇：

「我在老家可是一『刀神』！」

大夥還未反應過來，他接着侃侃而談：

「我宰牛刀法如神，中的都是要害，在關鍵處，不會浪費力氣。牛不難受，

不悲傷，不恐慌，更不會在放血途中突然甦醒更加痛苦——既然逃不過一死，就痛快點。牛都感謝我。」

然後他走到一頭待宰的牛身邊，跟牠說悄悄話，輕輕拍幾下，似是撫慰。說也奇異，牠竟有點暈陶陶的，身子放軟，未幾還舒舒服服躺下來，把牠抬進屠房去，也沒半點悽惶。

老七分析：

「你們瞧，這牛不久便失去知覺，活宰也不必使藥，所以牛肉沒毒，沒病疫，最重要的，平靜，沒怨氣。如果有怨氣難消，肉會變啞，變硬，變差，變得不好吃。你們說是也不是？」

「對極了！」村民眾口一詞：「老七果然是高人！」

又道：

「趙一刀他們就是讓牛積怨，才回村中報仇。消了怨氣，人也沒事了。」

「把牛送上斷頭台，原來也有學問。」大夥起哄：「老七不如來此立個門戶統辦一下吧？」

怕他不肯，還保證：

「其他屠夫們都服氣，都聽你的。你教他們怎麼殺就怎麼殺。」

「——就算是殺，也是『良殺』。」老七道：「不過，收費比一般的高。還有，我幹活不教人，一向獨來獨往的。牛的主人也得回家去等着，謝絕參觀。怎麼樣？」

太神秘了？

老七在村子裏立個門戶安身之後，大半輩子使老法宰牛的屠夫如趙一刀等，也就受冷落了。大夥都把村中小孩無故發汗流淚的怪病，歸咎於作孽。

有的屠夫年歲大了，只好乘勢退休，不再動刀動錘了。

老七來了一個多月，他宰牛的方法是「良殺」，牛的最後鳴叫沒從前悽厲得如同索命遺言，牠們甚至從容地挨這些刀，「早死早超生」。

怪病的小孩也日漸康復。

這天，幾個頑皮的小孩好奇地走近老七的屠房，從門縫往裏頭偷看。

宰牛不再是驚心動魄的兇殘行動。只見老七背影，先把一頭黃牛渾身上下撫摸一遍，了解關鍵位置，清楚如何下刀，順着血肉筋骨，望縫切割。牛不痛，人也不費勁。他的動作快、狠、準。

旁邊也有協助的年輕屠夫，追隨老七的方式。不過他們心想：

「其他師傅的手法也差不多，為甚麼他手上的牛那麼馴服就死？」

一個道：

「哪有不掙扎的牛？是施了妖法麼？」

「沒有呀。老七只是跟牠説悄悄話，輕拍幾下而已，牛就乖乖的聽好了。我金睛火眼，也看不出他有法術。」

小孩瞧了半天，沒甚麼看頭。木門忽地大開，老七木無表情：

「孩子們想看甚麼戲呀？」

一哄而散。

大人教訓他們：

「老七叔叔忙着吶，你們別鬧，別礙他幹活，我們指望他好好宰牛買賣。」

老七果然一天比一天忙。

村子裏的牛都歸他統辦了。他是獨市生意，壟斷了一帶的屠宰活兒，收費再高，大夥還是得給。

他蓋房子了。

也娶了村裏最漂亮的姑娘當媳婦。

少見屠夫如此出息。他有自己的本事。屠場多設了兩個。

老七一天一天的富起來。

可是活牛貨源漸漸不足夠。他的三個屠場也不能丟空。

不久，門戶竟又熱鬧起來。

說也奇怪，方圓十里的養牛人家，聽得老七大名，都把牛抬過來——不是「趕」過來，是「抬」過來。

「我家的牛，明明好端端的，誰知昨天突然病歪歪了——」

「對，不知咋的，我家的牛只剩一口氣。」

「聽說老七刀快如神，我怕牛暴斃，趕忙抬來，請他宰牛，好把肉賣掉。」

「牛一死，肉就掉價。」

「你得的幾號牌？」

「我一大早來，也得輪到四號。你呢？」

「我是九號。」

每隔三五天，像天意編排，生意做得有條有理。不會忙死，不會閒死。一切都在老七掌控之中，應接得宜。

——當然由老七掌控。

也許大夥根本不會發現此中微妙。

老七若是出門蹓躂趕集，早出晚歸，翌日總有生意上門。連妻子也不知道他的勾當。

送上門的牛隻，肋間皮肉之中，有一根削得尖尖的竹釘子。

老七學得這種迷魂技術，用一種特製的藥汁浸透竹釘子，乘人不覺，覷準牛體穴位，把它釘進腰肋，不消一兩個時辰，牛有反應。使一根竹釘，可撐一天；若要牠早點放軟，便使兩根。工多藝熟，無往而不利。

甲村的牛宰得差不多，便到乙村下手，方圓十里的生意都包攬了。

沒人知道是老七妙手搗鬼，還當他是良殺刀神，十分敬重。

某日老七如常拎個布包出去。裏頭包裹着餵了藥的竹釘子。妻子問他甚麼時候回來，他道：

「今日清靜，到城裏買東西串門子，黃昏便回家了。」

他去了一天，沒回來。

一夜過去了，也不見音訊。

妻子到他平時串門的友人家打探，都說沒看見。

鄰村清晨開始，陸續有抬牛來的。人不在，生意沒接上。大夥在等。奇怪，怎麼有活也不幹？年中無休，才掙得世間財。

村民都分散各處找他去。

午後，妻子忽見人飛奔相告：

「找到了！找到了！」

大夥匆匆趕到離村子幾百尺外，一個水池子旁。

還沒到時，只見一群黑壓壓的烏鴉，聚在一處怪叫，「呱呱！呱呱！」好不慘然。

走近一看，烏鴉撲撲飛走，赫然現出一個浮着的屍體。

正是老七！

老七溺斃於池子中？這一方池水，才僅深一尺，涉水即過。難道是謀殺？也

沒跡象。他既不曾掙扎，亦無痛苦表情。大去得十分安詳，舒舒服服躺下來睡一覺似地。

妻子一見，號咷大哭，無法接受。

莫名其妙地英年猝死，實是遺憾。

日後到哪找到一位優秀的宰牛師傅？他手術都不教人。就此失傳。

到入殮那時，妻子又再撫屍慟哭。驀地，發現異物！

不知何故，老七兩邊腰肋之間，各被插進一根尖尖的樹枝兒，樹枝兒到處是，尋常可見。難道此乃致命之物？因果報應？純屬意外？猜不透。

人死了，謎也隨之入土。

丑時參拜

12
丑

以下，是幾個參拜的故事。

——拜的不是神，不是佛，而是鬼。

一切與「丑」有關。

己丑，根據天干地支的排列組合，〇九年是牛年。丑屬土。不知丑月有何寓意，但日本有所謂「土用の丑日」，「土用」指立春、立夏、立秋、立冬前的若干天，一年有四次，最適合吃生命力強的鰻魚進補，所以亦稱「鰻魚日」。

至於「丑時」，則屬一個詭異時段，最易招魂請鬼。十天干是「甲乙丙丁戊己庚辛壬癸」，十二地支是「子丑寅卯辰巳午未申酉戌亥」，前人以地支計算時辰，子時指晚十一時至凌晨一時，丑時指凌晨一時至三時——屬陰陽交替，特別叫人不寒而慄。

在除夕丑時，大埔新娘潭路八仙嶺自然教育徑山頭，發生一宗神秘山火。曾有近百名「信眾」凌晨時份摸黑登山，在萬籟俱寂杳無人煙的山頭小徑、路邊、斜坡、石澗……燃點一支支巨香，亦插遍香燭，並準備近百個滿載「金銀衣紙」一大袋拜祭之用。現場形成一條「香龍」，布置長百公尺的「神壇」。香燭冥鏹三牲祭品，為「請鬼招財」儀式而設。

不過當一切就緒，疑因風勢強勁，不慎燃燒着雜草，引起山火，撲救無效，各人慌忙離開。有晨運人士報警，消防員花了六小時才撲熄。

茅山師傅所指的儀式，香燭用作引鬼，冥鏹是買路錢，在深山召喚的游魂野鬼（車禍和溺斃意外的黑點新娘潭，冤魂特別多），協助取得的不會是正路收益，應為偏財。

因為陰氣重，亦易請難送，一般人很少在夜間做此法事。財神分東南西北

中「五路」，也有「八路」財神，加上天地人。至於請鬼，不知是否屬於「九路」？

在夜間至凌晨時分參拜的廟宇，稱「陰廟」。香港有哪間我不清楚，但到過台灣的陰廟。

車子駛離台北，在淡水與基隆之間，花上兩個小時才到。

那是座位於山邊的廟，日間冷冷清清，很奇怪，一過子時，進入丑時，便香火鼎盛了。在風雨交加之夜，格外靈驗。好奇特地見識一下。

由於長途跋涉，一路悄寂無人，忽地「眼前一紅」——對，一整列紅燈籠，書了「風調雨順」、「國泰民安」等字樣。沿途人山人海，香火狂密，混成一片氤氳。還有大批祭品攤子，堆滿肉粽、花生、紅龜粿、粉艷的米糕……這一帶，是荒郊海邊深淺明昧的桃紅艷紅，氣氛詭異莫名。

拜的不是神佛，不是鬼，而是一頭狗：「十八王公廟」。

從前某夜，狂風暴雨襲擊，十八名漁夫出海罹難，忠心的狼狗把屍體一一拖至岸邊——十八人與犬，均葬於此，地下室有個墓，善男信女跪倒，撫摸狗頭。買一些大幅的符咒回家，得放在陰暗不見天日的地方，如抽屜、櫃底、角落，才會招財。

細看善信，部份還左青龍右白虎刺青，人字拖加血紅檳榔渣，不問而知是江湖中人。一票一票的「小姐」，衣紫穿朱濃妝艷抹，打扮得漂漂亮亮，婀娜多姿，許願易圓。「小姐」登登登走過，彷彿聽到悽怨纏綿台語歌：——

「打扮着妖嬌的模樣，陪人客搖來搖去，對阮講到亂亂紛紛，引我心憂悶。啊啊啊，甘願無人知影，做舞女的悲哀，暗暗流着目屎，也是激到笑咳咳……」

「阮叫你頭仔，你叫阮牽手，阮不甘放手，乎你去飛……」

「我欲甲你攬牢牢……」

就是因為不想你走，就是要把你抓得緊緊的，飛不出我的掌心。煙花女子也有癡情種，除了求偏財，也求錯愛。不，你不能見異思遷棄我而去，帶走阮靈魂，殘軀隨風亂紛飛。

她們悽迷地、狠辣地，到「陰廟」燒些紙唸個咒討道符——邪異的愛願，託付一頭忠犬亡魂？即使是一頭狗，她們丑時參拜得誠心誠意，期待負情負義的男人回頭。

我也想起一個胸中充滿妒火和仇恨的「生成姬」。在日本，意思是「活活化成厲鬼的怨婦」。

故事發生在千多年前……

平安朝（794－1192）的京都，日本史上人鬼妖怪怨靈共存的瑰麗時空，也是

「四神相應」風水地。陰陽師地位崇高。

我愛在京都驛站周邊徜徉，最古老和最現代化的建築物並立。西本願寺、東本願寺都是洛中古蹟。羅城門，就是芥川龍之介小說《村籔中》，和黑澤明電影《羅生門》的背景地點。五條大橋附近，有弁慶與義經之像，還彷彿聽到鐵輪之井戶，傳來幽怨訴苦飲泣……

大橋西邊偏北的安詳平靜小巷，回首千年，一個因男人變心而遭棄的女人，思前想後心煩意亂，日復一日失戀成狂，恨負心人，也恨那破壞關係的第三者。

女人身穿紅衣，形單影隻。她赤足滲血，臉塗丹粉，髮捲角狀，戴上一個鐵輪（一種鐵製環形底座，用以架在柴火上，支撐鍋釜），鐵輪倒放支柱朝上，插上三根蠟燭（代表「感情」、「仇恨」、「怨念」三把業火）。胸前掛一面銅鏡，嘴啣一根五寸鐵釘，手持一個寫着男人名字的木偶和金鎚子，在陰暗無月的

丑時，來到貴船神社，找上一棵古老杉樹，力搥鐵釘貫穿木偶頭部，深深給釘入樹幹內……

為詛咒對方死亡，連續七夜丑時參拜，若不被發覺，才可實現。她一夜一夜的來，一寸一寸的敲，毛骨悚然的呢喃怨咒，「鬼」已棲宿在當事者內心——太笨了？抑或恨入骨髓令之猙獰？女人頭上長角，眼眶迸裂，血流披面。是人，非人；是鬼，非鬼。「生成姬」在變化成熟中，正因陰陽師安倍晴明沒幫她一把，反受男人所託，為他消災解難，這鐵輪女氣絕於井旁，靈魂飄渺於人間……

鄉里憫其源於情癡，故建神社供奉。但有甚麼用？她還是失去一切，付出慘痛的代價。

傳說是傳說，她錯了嗎？哭聲代代流轉，似乎從未停過。只要世上有貪新厭舊的男人，就有妒恨失控的怨女……

化成了鬼，自己並不知道。

——除了她，世上也有好些人，不知道自己已是「鬼」，還是「家鬼」。

大年初二，行會新貴劉皇發議員在無民意授權下，代表香港到車公廟求籤。他自己也說：「車公大元帥好靈！」求得的二十七籤（下籤），傳誦一時，成為年度金句：

「君不須防人不肖，眼前鬼卒皆為妖，秦王徒把長城築，禍去禍來因自招。」解曰：「內有家鬼，家宅不吉，自身不安，求財不遂。」

作鬼心虛，秦王亦恥。聯想政治犒賞內幕交易以權謀私利益輸送……種種傳聞，市民會心微笑，拍案叫絕。神明點醒了香港創傷。

既然丑時鬼妖盡出陰氣奇重，那麼日後那些政局會議，不妨編排在凌晨一至三時舉行，十分應景呢。

有胸駛盡悝

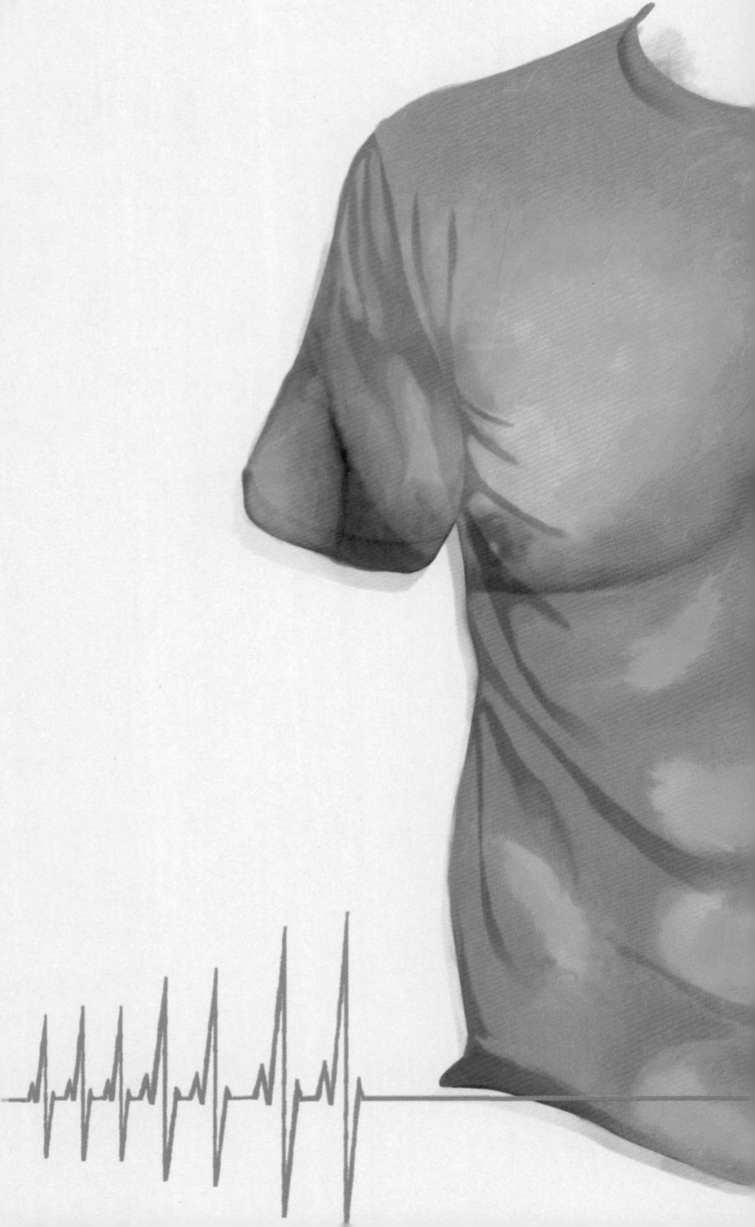

這是一個快樂的故事。

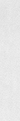

從蓮達快快樂樂地宴請她的舊同學歡聚開始。

蓮達不是唸書的材料。成績只在及格邊緣，每回幾乎被逐出校門時，都逢凶化吉地得到「試升」機會。叫好些同學投以妒恨白眼。

老師都希望她多留一些日子——總是男老師。格外開恩為她關說：「蓮達本質不壞，是個天真傻大姐，別把她往社會火坑裏推，好歹讓她唸至畢業。」

蓮達撐至中學畢業，比誰都容易找到工作，收入也傲視同儕。

她擁有天賦本錢。

不少波平如鏡的女性，動用各種手術隆胸，經肚臍窩、腋下、乳頭、乳房底插進特別管道，植入鹽水袋或矽膠袋，甚至化學物品。動盪有致，但仍有爆裂、移位、硬化的危險。日子一久，忐忑不安。

胸部煩惱，是女性專利。

這天當然也在吐苦水：

「花了幾萬，近日好像有一點下垂呢。」

「怕疼不整，天氣熱了，戴個『水餃墊』不舒服，也騙不了人。」

「吹氣那種胸罩方便又便宜，只怕洩氣吧。」

「肯定會洩氣，還發出『嘶——嘶——』怪響。千萬別上當。」

「男朋友多看一眼，我都有自卑感。還是咬牙去弄大一點……」

蓮達並無以上煩惱。這位人緣很好的大波妹，從不吝嗇跟姊妹淘分享心得。

她有過這樣的經驗：

「真奇怪。我胸部發育得不錯，但不至於太大，應該説還滿意吧——可是每年夏天過後，它便變大了些。你們都知道為甚麼嗎？」

原來根據專家（專家是指醫生、心理學家之類，以專業答問掩飾色迷迷目光的男人）說：

「胸部發達，受性荷爾蒙影響，也與遺傳有關，不過，心理因素也居功不小——要歡迎大家的視線集中在你們胸部，因為自覺受到注視，自律神經就發揮了奇妙的功能，令性荷爾蒙分泌旺盛，胸部自然而然變大了。」

蓮達笑道：

「各位，請挺起胸膛，驕傲地吸引男人注意吧！」

「哦？是這樣的？」

「有道理。這是自己非要爭氣不可的心理作用。」

如果男人們「非禮勿視」的話，世上可能更多「長平公主」了。

蓮達這回歡聚，是慶祝她「升級」的。

自小已清楚自己的專長、興趣、特徵和出路，並且有清晰目標。半點也不覺比不上人家而汗顏，反而追求脫穎而出。

任何人，幹任何一行，在任何一個崗位，基本的自我要求不能欠缺，敬業樂業最重要。一份工，我也做，你也做，他也做，當然是表現積極和優勝的，更有晉升機會。

蓮達作為成人雜誌的艷照女郎，已打出名堂，頗有人氣。性感照片一向刊在雜誌第六七版跨版，她心有不甘。人望高處力爭上游，挺身向社長提出：

「我的工作態度好，肯創新又肯研究，大有進步。所以要求好一點的位置，由第六七版升到第四五版，讀者翻起來，更容易欣賞到！」

憑「實力」，排前一點，再前一點。

她很高興，因為努力加自信，得到「升級」。

喜訊不止於此。

著名的胸罩生產公司，近日挑選模特兒，蓮達十分落力地爭取。出人頭地無法急進，但不加把勁，一步也進不了——不進則退，就是這個道理。

正如女性的身材。

近年營養好了，豐胸方法多了，隆胸手術普遍了……女性身材愈來愈豐滿，已漸漸升cup。

「你們心知肚明。」蓮達道：「五年前我們以為最標準的是34B，現在已被36C取代。」

「36C？不是36G嗎？」

「對，你確是與時並進！」她補充：「但其實最大尺碼，已由——G-cup暴跳至J-cup了！」

「哇，J！」

大型胸罩濶市，新增的cup數，包括GG、H、HH和J——而蓮達，擊敗無數對手，爭取到「J女郎」江湖地位。一連串宣傳行動，照片、廣告短片、真人示範、產品展現、有獎遊戲……將於下週正式展開。

以前在校園中，人人不大瞧得上大波妹，憑堅毅和專業精神，闖出一爿新天。

「自知之明」就是最大優點。

並且也感染男朋友強生。

她是在沙灘認識強生的。

那天，她見到一名壯碩男子，以激突泳褲造型亮相。站在水中或因光線折射，人人看來腳短——誰知上岸後顧盼生姿，腳也一樣短。《水滸》英雄中，不

也有位「矮腳虎」王英麼？他就是。若標準美女是「九頭身」，這愛現壯男應屬「四、五頭身」了。

而奪得蓮達芳心的，與外表無關——因為他拯救一名小腿抽筋的肥婆，不慎讓沙灘上的碎片或玻璃之類弄傷了也不自知。流了一攤血。那肥婆被救甦醒後，竟還罵他：

「鹹濕佬，乘機非禮！」

好不委屈，但他聳聳肩走遠了。你以為「飢不擇食」嗎？他哼着歌自娛自樂。一步一血印，有甚麼好計較？

強生是個送貨員，所以身材健碩，但生活重擔把雙腿生生壓短也說不定。他並無怨天尤人。

世事總有意想不到的轉機。

愛唱歌的強生終於改行了。拜師學藝，並得另類經理人垂青，把他簽歸旗下——是這樣的：最近，樂壇開始流行「胸肌」。

陰柔派奶油小生，娘娘腔花樣少年，一一苦練胸肌，還愛show quali般半裸拍MV，上台表演亦展示：

「唔，我胸肌？39吋吧，或者40吋。谷盡更加勁，應該42。」

俗謂：「冇咁大個頭唔好戴咁大頂帽」。這是帽的錯位。但「冇咁大個頭唔好搞咁大個胸」卻非真理。小小的女裝頭安插於巨胸虎背熊腰上，就像一顆皮光肉滑的白果放在肥美雞胸肉上，這道菜究竟誰是主角？

但你別管。似乎很不對稱？似乎更欠平衡？最重要是流行、受落。經理人靈機一觸，招兵買馬。

所以，下半年上市的壯男合唱團：「42×4」組合，必然平地一聲雷，出奇

制勝。

蓮達和強生，正是天生絕配，一雙璧（big）人！

他倆都像少根筋似的，但心胸寬廣，不計前嫌。一切大而化之。活得簡單快樂。

而這樣的故事，萬中無一。因為同類型的人或物，社會容納不下太多。你們要出頭，只能另創新猷，另闢蹊徑。

所以，有胸駛盡幃吧。

春紅與黃蘿蔔飯糰

慰安所規定

一、本慰安所ハ陸軍々人軍屬專

一、大隊ニシテノ外入場ヲ許サス

一、入場者ハ慰安所外出證ヲ所持スルコト

一、入場者ハ必ス受付ニ於テ料金ヲ支拂ヒ

小姑娘，是你呀。

爸媽讓你給我拿錄像帶看，謝謝了，是《包青天》劇集？好呀，我就是要找包青天。

你爸爸當夜班去了？媽媽呢？買菜就留你一個在家做暑期作業？隔壁沒人，你在這坐一會兒吧。

你幾歲？十歲就唸五年級——哦，升五年級。好本事。你的英文書本那麼厚。你還唸電腦班？香港的小女孩多聰明。

婆婆當然不懂。我不識字。你要用心唸書。名字？我叫「謝春紅」。寫得不好。別笑。

我？我沒有兒女，也沒有孩子，是，一個人過。我身體壞了——不能生孩子啦……

因為從前被日本人逼的，去當「慰安婦」。你也知道一點？對，是軍妓。日子過得好慘。告訴你，你也不明白。

來，吃一個蘋果，是早上有記者來訪問帶來的水果籃。我牙齒咬不動。你要兩個三個都可以。一邊吃着。

小姑娘，我這一生説長也長，其實很短，也就過完了。不是人過的。豬狗也不如。我就是仇恨……好，婆婆不哭。

你吃蘋果。

我小時候，倒不常吃蘋果。老家在南京。夏天吃西瓜、桃子。我們家開醬油店，叫「五和」。醬油缸好高大，到小孩肩膀高，有你這麼高。我們家過得還可以。家家炒小菜總得下油鹽醬醋的。在店的對面，有個水果攤子，我們吃桃子便宜，論斤論堆的，皮破了有疙瘩的都不要。因為賣水果的打小時候認識，那一家子

是振中、振華兩兄弟，和他爹。我知振中喜歡我，可我喜歡振華多一些。有時候我們捧了水果到雨花台吃，撿雨花石。

你知道雨花石嗎？本子上有哦！那是南京特有的石頭，都有彩色花紋，也有塊像花像蟲子像山水畫像人的臉蛋。我們把漂亮的撿回家。我有兩個玻璃瓶子，一個大的，全放進去。一個小的，把最好看的一塊，選作生日禮物，我管那個叫「生日紀念瓶」。我已經有十六塊了。那是我最後過生日。

當然記得了。

一九三七年。十二月的時候，總聽得日本鬼子進城。老百姓不肯相信。南京是我們政府呀，是首都呀！要是打下了南京，中國不就完了？可有難民逃來，街上很亂。

哥哥說，過一陣子要不太平了，我得到金陵大學那邊躲一躲。大學嘛，有文

化，會受保護。難民都逃進去。他還叮囑我把辮子剪掉，擦上泥巴……來不及了，十二月十三日，鬼子佔了南京了。那是七十年前的事，我還記得很清楚。整整六個禮拜，大屠殺。南京無抵抗，死市呀。他們進城，馬上搶光殺光燒光。還有殺人比賽。

那一天——

鬼子踢開我們鄰居的木板門時，滿街是慘叫聲。甚麼都來不及了。哥哥要保護爹娘，暴喝：「快逃！」叫嫂嫂領我往後山跑。嫂嫂懷了孩子，大概四五個月的肚子。我們沒命的逃，到一間尼姑住的「消災庵」。那是出家人的地方，我們把門嚴嚴關好，用重東西頂住。

爹娘和哥哥沒來。我們一夜沒睡，在抖。

天濛濛亮時，鬼子幾下子就把門撞開，操進來一大幫，皮靴子喀喀的響，聽

清楚原來是我們牙齒在打顫。

他們一進門，拿刺刀把女入圈住，亂捅取樂。一個尼姑好剛烈，不動，鬼子用刺刀挑破她的灰袍子，削下一個乳房，她疼得滿地翻滾，卻不吭一聲，不求饒。鬼子在所有人面前把她強姦了。

我嚇傻了。鬼子刺刀指着我——

嫂嫂不知哪來的勇氣，上來護我。一邊哭一邊哀求：

「我來代她吧，她還是個大姑娘——」

鬼子一看，嫌她有肚子，一腳踢開。嫂嫂爬過來磕頭。就在這個時候他火了，用刀一刺一劃，把嫂嫂的肚子挑開，抽出一個拳頭大紅通通血淋淋的小東西。嫂嫂一時還不知發生甚麼事呢，她還乾瞪着眼，瞅着那個血洞抽出來的孩子呢。

有一個小尼姑活活嚇死了。我們喚她「清玉」，她十四。死時還尿了一地。

庵裏最老的一個尼姑，徒手要搶刺刀自殺。鬼子成全了她，一刀劈成兩半。

他們拿刺刀頂我眼睛，我動也不敢動。

這天，鬼子把所有女人都強姦了。那個疼呀……我才十六，長得好些。鬼子把我拖走，我不走，他們左右開弓打耳光，打了五六十下，滿嘴是血，臉也腫了，昏頭轉向的，站起來人走得歪歪晃晃的。臨走看見尼姑的乳房、屁股，都割掉了，下體流血，還給塞進很多很多「東西」。

甚麼「東西」？蠟燭、香台、棍子、佛像的頭、破布……甚麼都有。還撒灰。她們都死了。

他們還把嫂嫂的子宮當帽子套在她頭上。

再放一把火，把「消災庵」給燒了。

我爹娘也死了，是鬼子扔進醬油缸裏淹的。聽說後來有慈善機構去打撈，屍

體沒變，醃得又鹹又臭又黑。哥哥廿二歲，力氣大，又反抗，跟所有的年輕壯丁一樣，給綁到下關中山碼頭江邊，人一堆一堆的綑住。全是南京老百姓、警察、難民。鬼子架起機槍掃射，瘋狂射了一天一夜，五萬多人的血都流到長江，染得腥紅，最後用木柴和煤油來燒。燕子磯、草鞋峽、中華門、雨花台……，到處都是殺人地方。

但凡人能想像或不能想像的暴行，鬼子進城後都毫無顧忌毫不手軟的幹了。人們說光是南京城，就死了三十多萬。還沒有包括傷的、殘的，和我們這些受害的。

我甚麼都沒有，家也毀掉，無親無故。鬼子說讓我到食堂擦地板幹活。由軍車送到安全地點。我渾身傷痛的坐到車上。那時滿街是日軍，路旁也堆滿屍體，馬路中間的已經被輾平，肚腸拖到外面，血肉模糊，好些頭顱也沒了。

車窗用黑布蒙了，我們一群來自各方的女孩，都不知道明天是啥日子？

我忽然自布縫見到巷子一邊有幾個搬家的腦袋，其中一個好像是振中的，也好像是振華的。下場都一樣，成了爛桃子。

說是給我們工作——他們騙我！

是送到不知哪城一家中學去。操場好大，有兩排新搭的房子，木板做。屋頂是白洋鐵皮釘的。奇怪，門對門，中間有通道。房子有一個窗，上邊是透明玻璃。後來才知道方便監視的。我見這房子四面都有軍兵牽狼狗來回的巡，狼狗舌頭咻咻的伸出來。這是軍管區。

外面圍了鐵絲網，通了電。

我們下車後，先送到空地用水沖洗，然後排隊。大家全光着身子，很羞恥。鬼子還故意用刺刀撩撥我們，趕我們快點。一個挨一個，讓幾個軍官察看，甚麼

地方都檢查，人人都默默地流了一臉眼淚。太難為情了，羞得……

原來這就是「慰安所」！

第二天，我們給擦了點胭脂，塗上口紅。被逼接客了。

每個女孩，分配一個小房間、一張床、一個痰盂、一疊手紙。門上都掛個牌子，改個日本名字。那些兵就去買票。他們都像飢餓的狼群，牙齒白森森，一身臭氣，把我們當「戰場」，發炮轟炸。一來一整隊，把武器擱一邊，一個一個排好隊，發出嘶嘶的淫叫悶哼。長龍五里長，近門口的十來個，急的脫剩兜襠布。門外的把兜襠布都扯掉……

我們最痛苦的，是鬼子們被游擊隊轟過，他們敗了，特別兇狠，在我們身上發洩，報復。又咬又捏，抓得一身傷。還在我們口中撒尿，逼我們喝。他們說：

「佔有中國的女人，等於佔有腐敗無能的中國！」

「慰安婦是戰爭的營養！」

有一個姊妹，她比我大三歲。十九。是金陵大學歷史系的學生呢。她實在受不了，鬼子污辱她的時候，她拚盡力氣把他的「那個」給一口咬下來，鬼子殺豬地嚎叫——後來，那個大學生被釘在木板上，四肢擘開。牙齒全砸掉，舌頭也割了。連哼也不會哼。每個鬼子輪流在她身上任何地方用刀劃個「×」。劃了好久。她沒噓氣，足足熬了一天一夜，才死了。唉！這個罪呀……她可是大學生呀。

我們一天做八個九個、十多個、廿多個。有時也真數不清楚了。哪有數？沒得休息。月經來了也不准停止。那在門外排隊的，不耐煩就亂踢亂罵：「八格野鹿！快點！快點！」我都破了，流血了，發臭了，好疼。還得接客。身上像有千軍萬馬來踩。直到很晚了，燈黯了，那些抹過下體的髒手紙，堆在一邊小山似的，發出一陣陣霉腥臭氣，混着汗味、尿膻、口液的酸臭。被褥總是潮的，還帶

黑斑。

真的，也想死。

這日子不知甚麼時候到盡頭？有一個夜晚，趁人不覺，監視的人走遠了，我爬起來，把頭撞向牆上。用力的砸。我不要命了。誰知木板光響，沒勁，我撞得昏了，也死不了——我是命硬。同來有個女孩，她叫周麗貞，家裏開絲綢店，很富貴。她也同一命運了。她跟我哭：

「春紅，你不要這樣，死了也是白死。說不定過一陣子政府把鬼子給打跑了呢！」

她是天真！

其實她掛念的家人也不知是死是活。好歹留一口氣。

可我是甚麼都沒有了！

小姑娘，你眼睛也紅了，你明白我心裏想的嗎？

死不了，我真熬不住。

我又想逃了。

哪能逃？

在後門廁所旁邊給逮住。他們生氣了，追着來毒打。我急了，跳進一個儲水的缸裏頭。鬼子把我揪出來，拿甚麼來砸也說不上了，專門踹我下體。

那時我已經兩個月沒來月經了。身體壞了，不正常了，一輪毒打，我肚子疼得要命，流了滿地的血，人也昏過去了——後來他們見我「還能用」，就給我治，敷上去的不知甚麼草藥，又辣又麻。還有紅藥水。

……而我以後也無法生小孩了。

我有兩條肋骨是被踹斷了，勉強接上。你摸摸，這兒，對，這兒是不是有個疙瘩？有碴子？對吧。起風下雨可是有點疼。幾十年下來，也習慣了。

苦呀……哦婆婆不哭。不打緊的小姑娘，我說了痛快呀，我見了誰，都告訴他，吐了苦水，也希望人家支持我。

——在老家我們是說不得的。

我熬了好多年，鬼子才投降。我們「慰安婦」釋放出來，以為回復生活了。見天日了。

可同胞歧視我呀。

最初低着頭回到老家，找份工作。我在一家皮包廠幹活，同胞背後都指指點點的，多難受！

我可不是天生當破鞋的，我是被騙被逼的。我再不乾淨，也是一個受害的

女人。

他們只是背後指點，從不走近，不同我交往，從來也不讓我到屋裏坐，怕弄「髒」。

委曲。可好死不如賴着活。鬼子都熬過來了，同胞難道不給路走嗎？

可是小姑娘，我告訴你，我恨鬼子，我更恨咱中國同胞。我恨自己是個中國人！我心痛因為這傷疤我偷偷的埋下，每回「運動」來了，就被掀出來批鬥。

這是無了期，一輩子的擔驚受怕。

你不知道我們的運動有多頻密，總之每回要站在群眾中間審判的，一定有我們的份兒。好些在土改、三反五反……時已經上吊了。

文革的時候，我罪名特多，又是「漢奸」，又是「特務」、「間諜」、「右派」、「賣國賊」、「賤女人」……我們「為日本人服務」的，都掛個大牌子，

寫大字：「流動軍廁」！

結論就是一頂大帽子：——反黨反社會主義的日本妓女。像套到我嫂嫂頭上的子宮。

要說我們是日本妓女？——那個時候，全中國都是日本妓女了！

我們做錯了甚麼？

批鬥時，他們要我們坦白交代，豎耳細聽：——你怎麼讓鬼子玩？一天多少個？疼得怎麼樣？自己也樂吧？鬼子的尿好喝？……特別愛聽我們受糟蹋的過程。造反派頭頭還要我們重演「慰安婦」來侍候他們。說是「報復」、「打倒敵人」、「戰無不勝」、「造反有理」……

這才是精神折磨。羞辱人！

文革那些日子，我下放了，到北大荒喲。那個苦頭呀……你想想，南京是大

火爐，到了北大荒，到處是冰，樹上掛的是冰，連石頭也結冰⋯⋯炕是冷的，沒一天睡得好。

好些老姊妹不是鬥死，也傷殘，廢了。

我們也控訴好多遍。

政府警告我們「少說話」，不要破壞「中日友好關係」。我們見見記者，馬上有公安來趕。不讓說。

冤枉！我們到哪討個公道？

我們的血債誰還？

小姑娘，我這回來香港，本來是七天旅遊雙程證的，參加你們的抗戰勝利紀念日，可我們從來沒有「勝利」啊！在我有生之年，都爭取不了。婆婆已經很老了，人證死一個少一個，不行，我得立下遺囑，委託後人代我辦這事。

我申請延期，要到日本去，上日本法庭，希望政府公開道歉、賠償，承認他們的罪行，為了我受難的姊妹們，我不怕出來說話——我現在老了，甚麼也不怕了，槍斃我也得說！

是不是有個甚麼國際人權組織，我也不懂，不過我會勇敢指證的。賠再多的錢，也換不回來我們的日子。

小姑娘，你長大了，會不會記得我？幫我們說話？好，真乖。婆婆現在心裏又舒服些了。

我剛才看見鄰居們都在摺紙，是燒給先人哦。盂蘭節來了。

你燒給誰呀？「阿爺阿嬷」？——是爺爺奶奶吧。我？我老得忘了爺爺奶奶啦，爹娘還是記得的，你們代我燒幾張好嗎？得寫上名字？不會呀。你幫我寄：「謝春紅的爹、娘、哥哥、嫂嫂」這樣，對，他們一定會收到的。

還有，加上我那還沒有出生的小侄兒。就是在「消災庵」給抽出來那個。

我怕他冷。

小姑娘——

小姑娘還有一個。

你寫：「藤田一郎」。

哎——是個日本人……

怎麼説呢？小姑娘你替我守個秘密。他是個日本軍人呀。那個時候，就只有他對我最好。

他買我票那回，就是我逃跑讓抓回來以後的事。鬼子怕我們反抗，索性餓我們。

把我們餓得沒力氣，沒自尊，得好好侍候。

他進來，我身上已經滿是青痕。可我餓得連翻身的力氣也沒有了。癱軟在褥子上，由他。我閉起眼睛說：「你來吧。」

他戴上避孕套，看了我一下，大概很不堪。他自己快快地解決了。不用我同他睡。他是同情我。

他掏出兩個飯糰來。上級告訴他們，要是慰安婦聽話，才給她們吃的。

我兩三天沒吃過東西，前心貼後背，拿過來往嘴裏送，狼吞虎嚥。

是夾着黃蘿蔔的飯糰。

太美味了太好吃了……

他讓我躺着休息一會兒。還唱歌給我聽呢。

後來，他常買我票，我見到他，才可以休息。是偷來的。

他用生硬的中國話說，是家中的長子。底下有兩個妹妹。男丁都得入伍，參

加「聖戰」。父母老師全來送行。他是個服從軍紀的軍人，掌握武器，為國家盡力。所以也殺過中國人。

他說，打完仗了，他不願當軍人了，就來接我走，到鄉下養猪種菜。我想，只要不打仗，能脱離苦海，我也跟他。他說，大概三年戰事也該完了。問我，吃飯糰、黃蘿蔔、味噌汁，過得嗎？我說過得的……因為這個希望，我才不會灰心。在那霉臭的暗無天日的小房間，也咬牙頂住，等下去，盼他呢。

不過，後來，他不來了。

他騙我！

我曾經非常非常非常恨他。這畜生！他要是爬在我身上，幹完就走，我不盼他來。日本鬼子沒一個好東西！

這畜生！

和平以後，我打聽到了——

藤田一郎上前線擔任「神風特攻隊」。甚麼叫「特攻隊」？他們是秘密任務。出發前，向天皇行禮，最後鞠躬，然後上了飛機，向美國艦隊轟炸。他們是連人帶機衝下去的。

對，他們是死定的！

他從來沒告訴我這個。

你幫我寫上名字燒紙給他，我就感謝了。哪個「藤」？不知道，這樣吧，寫「一郎」就行。對了——一——郎。

唉。

這一生中，只有一個日本人是好的，還像個人。我沒碰上別的。

可我根本不願意碰上他啊！我好好的，作了甚麼孽呢？……我希望甚麼也沒發生過。

我想念老家的醬油店。爹娘家人……雨花石。嫁給振中，或者振華。

我十六歲。

黑色和白色的故事

之一

從前有一位盲人。他最初的生活體驗當然是乳汁，一直到長大了，念念不忘那個叫他感動的滋味。

正因沒有世俗凡塵的干擾，盲人心中留存的回憶都是清純、原始、簡單的。

但天生不知道顏色，所以那麼甜美的東西，他十分好奇。

盲人問：「請問乳汁是甚麼顏色呢？」

那人答：「乳汁白色，像珍珠。」

「珍珠能吃嗎？」

「不，它藏在貝殼中，貝殼亦一樣白。」

「乳汁和貝殼一樣，能敲出聲音麼？」

「當然不會。」

「——那麼貝殼又像甚麼呢？」
「打開貝殼，裏頭的嫩肉，像剛煮好的稻米般柔軟可口。」
「哦，原來乳汁的顏色像稻米一樣柔軟可口……」
「不是稻，是米。」
「米又像甚麼呢？」
「像雪。」
「但雪是冷的啊。」
「不是指冷暖，指的是顏色。」
「雪又像甚麼呢？」
「雪像略大的沙。」
「乳汁的顏色就像沙？」

「不，沙有灰有褐，有黑有白——」

「黑是甚麼？」

「黑就是白的相反。」

「白是甚麼？」

「白，就是乳汁的顏色呀。」

答的人開始不耐煩了。解釋了老半天，用了很多譬喻，形容千百遍，如此簡單，他仍是不懂。

紛雜的色、相、名詞，令事實愈埋愈隱晦，如一個未解之謎，費盡工夫，總是弄不清楚。

你們有為此而泥足深陷嗎？你們會為冤枉相思而心盲力乏嗎？

你們曾經蠢過嗎？

之二

從前有一名軍人。操練期間，他把一匹黑馬駕馭得馴服又精忠。

大家見人同馬合二為一，驍勇善戰，寄予厚望，希望把敵人殺個片甲不留。

誰知到了戰場廝殺，他竟然臨陣膽怯，不敢正面交鋒。落敗時，所騎的黑馬被敵軍奪走，作為戰利品。他則躲在死傷的同袍間，屏息靜氣，苟且偷生。

為了裝死，還把血污和泥濘塗抹在自己臉上，躺臥一天一夜，四下只有烏鴉哀鳴，再也不聞干戈之聲，知道戰爭暫告一段落，才悄悄爬起來。

「既然雙方退兵，戰役結束，當然要回家——」

一念，若回營地，人家問起我的馬何在？豈不羞煞？怎能讓人知悉我窩囊？

但敵軍大勝，我軍慘敗，想割個對方的人頭回去逞功，也找不到。

一看，有幾匹戰死沙場的馬，靈機一觸，便割下一截馬尾巴——他倒機靈，

那是匹白馬，為免露出破綻，便把尾巴用血污和泥濘染得黑黝黝的，拎上手相當有成功感。軍人回到自己的土地，見着自己的戰友，就裝得死裏逃生般神勇。

果然有人問：「你那一同出生入死的寶貝戰馬呢？為甚麼沒騎回來？」

他慷慨激昂道：「馬兒為與我奮戰殺敵，不幸戰死了——這是牠的尾巴！」

為表忠勇，也為了紀念戰馬捐軀，竟當眾流下丈夫之淚，不捨之至。

因這一哭，灑狗血一樣的熱淚，馬尾的黑色隨之融瀉，現出白毛來。

大家不約而同地問：

「你的戰馬不是黑色嗎？何以尾巴變白了？」

軍人羞愧，默然無對。世人恥笑。

——鋪排本來甚高明，只是戲演得過火了，才功虧一簣。所以，「少即是多」，言行多了，必失。

之三

從前有一個少年。他成長在一個文化浩劫的年代。

那個時候沒有人追求知識學問，一切舊文化都被打倒，人和人之間也失去信任。城鄉的正常活動大多癱瘓，人人只熱情地喊口號早請示晚匯報，搞革命。

病人只由水平不高的赤腳醫生診治。很難追究少年的病因，是先天遺傳？是視神經抑視網膜得了病？是受到撞擊？意外？誤服藥物？遭人陷害？

總之某一天，他發覺自己處身在一個分辨不清顏色的世界。

顏色千變萬化，幻彩繽紛，但離不開紅、綠、藍這三種基本色光，按不同比例混合而成。紅花綠葉，黃沙紫霧，藍天白雲……

——但他看不出紅色和綠色。

是如何發現呢？

那一回，在學校的禮堂中，大夥把校長、老師、父母……架着膀子扯到台上批鬥，看見那些照料和撫育同學們的長輩，屈辱難過地俯首沉默，他只覺這是錯誤的大逆不道的悲劇，他辨別不出原來這是一片「紅」色，還以為是「黑」色，所以堅決不肯參與揭發和打罵的暴烈行動。色盲的他就成為反革命「黑五類」。

十年過去了，廿年卅年四十年過去了，文革中紅黑難分的斷層也過去了。

少年已近暮年漢，還輾轉到了台灣。

他有難言隱疾，色盲的人很多工作不能幹，像汽車火車飛機輪船交通工具的駕駛員，像美術印刷紡織化學醫學烹飪等等職業亦不適宜——最諷刺的，每當有選舉活動，藍、綠兩陣營對峙，他總是弄錯了。

曾記得還因在綠營中大喊：「×××！凍蒜！」那是位藍營候選人名字，他遭到毆打，送院救治。

病人問他：「你挺藍還是挺綠？」分不清敵我的顏色，只好裝作失聰。「紅色盲」加「綠色盲」，永遠沒有辦法治癒。永遠是黑白世界。

幸好，他有一技之長。

他把全副精神心力，集中在黑與白上面。一切鬥爭再與他無關了。

今天他在香港，是一個鋼琴表演者，並非名家，只是節日假日在商場酒店之類彈奏一小時，賺錢餬口——只有黑白琴鍵，純淨無垢，波瀾不興。日子過得平淡，無色而有韻。又是一生了。

斷

掌

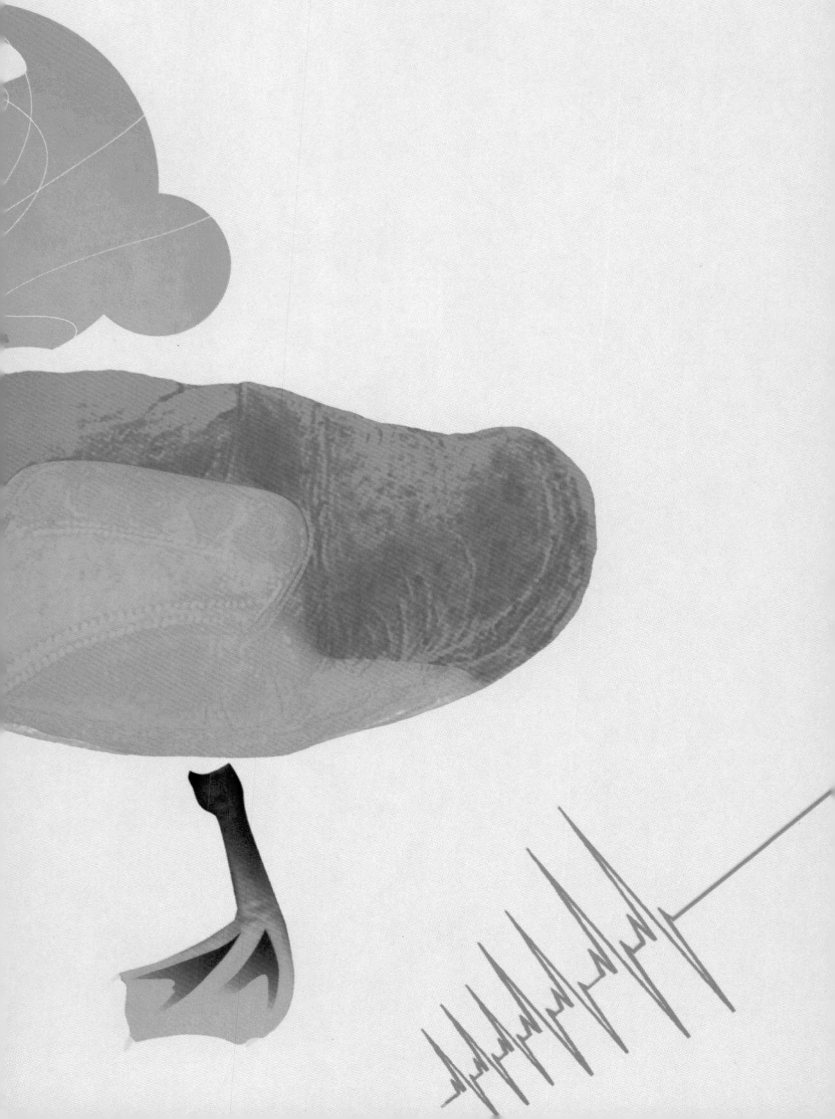

江南一個小城，街巷盡頭有座古老的破屋。看來閒置已久。它的賣價很低，仍乏人問津，因為大家說：

「這房子不乾淨。」

馮大兄弟三人商議：

「院子挺大的，可囤工料，這樣我們他日自己當起頭兒，就利用來擺放磚瓦木材。」

馮大是高大健碩的工人，平日幫人家搬瓦砌磚蓋房子的，馮二馮三也是木匠。三人尋思，腳踏實地，不偷不搶不幹虧心事，半夜敲門也不驚。

而且房子不貴，足夠三人住下來，有出息了，自己當工頭當老闆，再想成家的事。立業成家，換更大的房子不遲。

兄弟合資買下來。太舊了，得請幾個幫傭一起收拾、修理。都是年輕力壯不

怕鬼的小伙子，連夜趕工。

這天夜裏，雖掌了燈，光影仍是飄搖不定。

土牆外傳來一陣沉悶的怪聲。

正抬頭，窗口突然伸進一隻巨大的手。

那是一隻白色的巨手，毛茸茸的。幾個吹噓自己膽大生毛的男子，臉色青白，害怕得你推我撞跑掉了。

「喂喂喂，不要走！工資還沒拿呢——跑掉就不給了——」

愈喊愈走，在此關頭，都情願賠力氣保命。

馮大對兩個弟弟道：

「兄弟同心，甚麼妖魔鬼怪也能應付！」

互相壯膽：

「對，我們身子粗陽氣盛，要個頭有個頭，要拳頭有拳頭，不怕打不過。」

「錢付了，房子買下來了，哪有退路？」

「要是來個娘們、狐狸精，那就……嘿嘿嘿！」

三位勇士吐口唾沫，磨拳擦掌，等它再來。

這個晚上卻平靜地過去了。

第二晚，三人自行幹活，還在屋裏擺下酒肉，一邊享用一邊守候，望眼欲穿：

「還不來？爺們等得不耐煩了！」

正說着，怪聲風送而至。

果然是昨夜那隻白色毛茸茸的巨手，又從窗外伸進來。

三人定神相看一眼，一點兒也不恐慌。

馮二正夾着一塊紅燒肉，見手伸來，便順便遞給它，竟把肉接過去，縮至窗

外，還傳來「習——習——」貪婪狂吃之響。好像久未吃肉。

未幾，巨手又伸進來了，指指桌上酒瓶。

馮大向馮三打個眼色，他把酒瓶遞過去，又接過。「咕嚕——咕嚕——」的喝光。

還有要求？還來？

巨手伸進來，難道這回要吃人？三人深深吸一口氣，準備了傢伙——

可是它指向馮三的腳。

「腳？」

指的是他腳上的鞋吶。

「鞋？」

巨手等着。三人面面相覷。它要鞋幹嘛？幹活的鞋，厚、耐磨，但臭。哪個

工人的鞋不臭？

「老三你脱了給它吧。」

「好，看你玩甚麼把戲！」

鞋一脱，巨手拈走了。誰知扔回來，帶着怒氣迎馮三臉面一擊。

「嫌臭？」

那巨手搖動示意不對。

「嫌髒？」不。

「嫌小？」

巨手指向馮二，又轉向馮大，非常肯定，它要的就是他那雙鞋。

馮大笑：

「我的腳丫子是兄弟中最大的，真有眼光。」

他緩緩地脫下鞋子，馮二馮三緩緩地有所動作，三人不動聲色，面不改容，把鞋遞過去，巨手一接，點燃着藥引兒的爆竹已乘勢及時塞進鞋內。不虞有詐的它若往腳上一套……

電光石火間！

外頭「轟隆」巨響，爆炸冒起煙火，一聲慘叫，叫人毛骨悚然。

隨即見血濺窗，像有重物倒下，之後落荒而逃。

三人勉定心神，一時之間不敢出去一瞧——窮寇莫追，只怕兇猛反噬。

但那是甚麼妖怪呢？

好奇得很。

天剛亮，三人急忙推門跑到院子去，血跡狼藉，是受傷之處。

只見一隻斷掌。

非常怪異，膚色橘黃，指骨細長，皮厚，爪尖，看似一塊葉，卻浴血。

誰的斷掌？

三人循血跡搜尋，但血跡漸漸少了，沒了，再也不見線索。

江畔，有小姑娘在趕鴨子。

牠們走路時，脖子伸得長長的，昂起頭，挺着胸膛，顫着屁股，一擺一擺地前行。

鴨子一生中大半時間在水裏過。

體內有肥厚的脂肪，尾部還分泌油脂，潔白的羽毛層層疊疊，翅膀內側毛茸茸的。雖然全身不透水，但雙腳長期站在冷冷的水中。

腿短，腳大——

「老二老三，你們瞧，這鴨掌兒，是不是見過？」

馮大仔細端詳。三個前趾之間，有一皮膜相連，橘黃色，指骨細長，皮厚，爪尖……

他們趨前，追問小姑娘：

「娃兒，你們家鴨子有沒有發生甚麼奇怪的狀況？」

「沒有呀。」純樸小姑娘也不覺陌生的叔叔神情有異：「就天天放鴨子吧。」又道：「爹說長到八九十天大，翅膀也好了，就可以『填』了。」

填鴨，加強飼料催長，為取得更多鮮肉，更多油脂，主人把鴨子的嘴掰開，飼料劑子硬塞填滿強嚥，再順食道往下按掃，一天填兩次，這樣，鴨子在短時間內便肥胖起來了。

「老大老二，快過來——看來我找到牠了！」馮三大喊。

三人在不遠處，石橋下，草叢中，發現一隻斷了一掌的鴨子，牠殘廢了，痛

楚而憤怒，用充滿仇恨的眼光，望向這三兄弟。

不想當一隻填鴨，下場不過是桌上一道菜。

牠自行覓食，佳餚美酒營養着自己，日漸強壯，終有一日遠走高飛，當個自由自在的妖。像人一樣，在乾地上奔跑，不願半生泡在冷水中，寒氣颼颼自底下往上滲。

需要一雙耐穿的，足以長途跋涉的鞋——可惜，牠遭人陷害，得不到鞋，還賠上一掌。

這個卑微而渺茫的願望，連同牠的血肉，隨着一江春水，向東流逝……

「鎖骨觀音」與淫僧

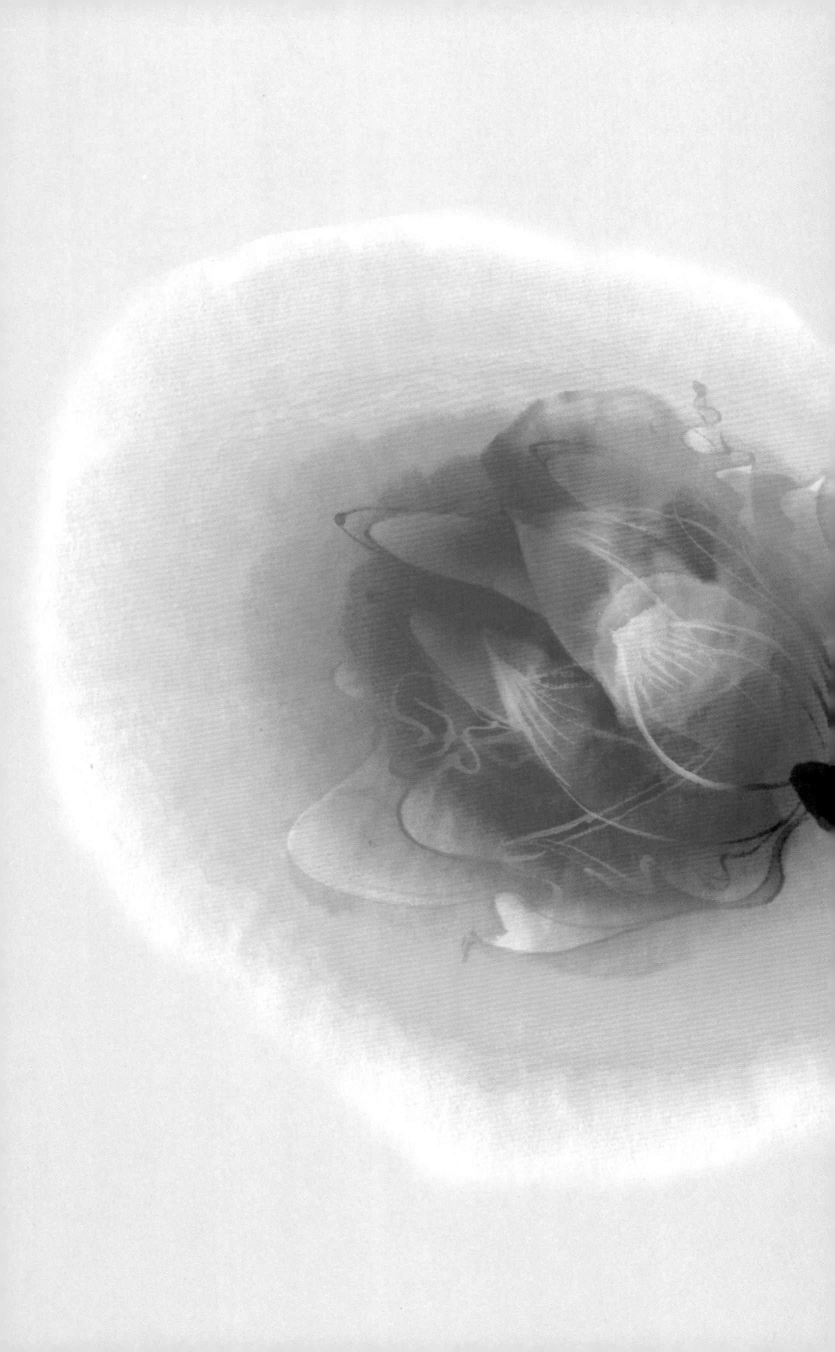

「淫僧」新聞層出不窮。

據報導，一名在荃灣竹林禪院掛單多年，來自馬來西亞的四十一歲僧人，他禪院藥師殿房間內，藏有兒童色情光碟、從網站下載共十七段兒童色情片段、八十五張淫照……儲存在電腦硬碟內。這些色情物品涉及性虐待、捆綁小孩、成人與小孩肛交、性交動作、小孩擺出淫褻姿勢等等。警方搜出拘控：

「這位淫僧還是變童網站會員。」

緊貼科技，追上潮流，他們怎能出塵脫俗，六根清淨？

週刊也踢爆，西方寺派出，為大公司做法事弘揚佛法的大陸和尚，位位已出家持戒牒，披上僧袍道貌岸然，誦經唸佛祥和端莊。誰知一到夜晚大變身，露出禽獸淫穢真面目，煙酒粗口，嫖賭飲吹，叫雞揀女比誰都在行，還愛「起雙飛」……

看跟蹤報道繪影繪聲，淫僧的表情躍然破紙而出，娛樂性豐富之至。

其實打從「自由行」之後，香港鬧市常見「來歷不明」的和尚尼姑，向路人化緣，我也遇過幾個。新聞看多了，得悉部份更是「職業出家人」，乞討金錢後回復真我，大吃大喝，玩樂宣淫。

一回我好奇地旁觀其中一個和尚。他進賬差不多了，便到公廁「更衣」，換回T恤牛仔褲，戴上時尚鴨帽，先到「肯德基」吃雞餐，夜了是否再叫雞就不清楚了。反正香港善男信女，本着慈悲之心，倒供養過不少雞蟲。

並非外來的和尚特別不堪，只是本地出家的和尚少之又少，無料可刮而已。

椿椿件件出事之後，寺院住持老法師們，都表示毫不知情，十分震驚。佛門大開，僧侶只要持有戒牒，都可入住、掛單、接job……很難追查背景底細及各人心腸。

竹林禪院住持年事已高，即使聲譽受損，他老人家亦不後悔：

「當年來掛單的，自稱無家可歸，飢餓難耐才登門求助，又暈倒在禪院內，出於憐憫，本善良之心便收留接濟。好壞要看他自己……」

但，這是不是間接的縱容？

淫僧必須「有主門口」，才可利用之胡作非為。寄居者牽累了好心人，所得報應會否加倍？「佛法無邊」，何以任由這種情況發生？難道是試煉？

我們是凡塵俗世的過客，對宗教認識亦很膚淺，人間誘惑太多，當中是否有天意？

忽然記起以前看過一個故事：——「鎖骨觀音」。

我是先被這個名兒吸引才追溯來龍去脈的。

觀音起源於印度佛教，梵文為Avalokite Svara，音譯「觀世音」，也譯「觀自

在」、「觀音自在」，尊號「大慈大悲救苦救難觀世音菩薩」。因避唐太宗李世民的諱才略去「世」字，簡稱「觀音」。千手千眼，三十三身，類型變化無窮，亦男亦女，普渡眾生。

根據佛典、畫作、經書、民間石雕、石刻、彩繪、文字記載、口耳相傳，已出現的觀音形象太多了：——

大勢至觀音、馬頭觀音、獅座觀音、千手千眼觀音、渡海觀音、白衣觀音、四臂觀音、思維菩薩、金觀音、貝葉觀音、竹葉觀音、多羅觀音、魚籃觀音、鎖骨觀音、葉衣觀音、十一面大悲觀音、六臂觀音、十二臂觀音、十把臂蓮花妙舞自在觀音、獅吼觀音、阿摩齒來觀音、兩面四臂觀音、金剛妙法觀音，密修觀音、觀喜佛、大地紅色觀音、愁面觀音、甘露觀音、自在觀音、遊戲觀音、淨瓶觀音、聞法觀音、持印觀音、水月觀音、如意輪觀音、數珠觀音、日月觀音、

楊柳觀音、不空勾觀音、耶輸陀羅觀音、憤怒觀音、阿魯利迦觀音、圓滿意願觀音、大隨求觀音、和樂金剛觀音、滅惡趣觀音、青頸觀音、香王觀音、水吉祥觀音、大明白觀音、毗俱胝觀音、大吉大明觀音、豐財觀音、白處尊觀音、准胝觀音、聖觀音，等等。

「鎖骨觀音」乃其一。傳說在中國古老的《太平廣記》、《續玄怪錄》中出現過。我也不是讀佛經，而是看有關革命聖地延安，那座地標延安寶塔資料時，得知竟為一名妓女的舍利塔？奇怪得很。

從前，延州（即今日延安）有一位美貌的女子，皮膚白皙，頗具姿色，大概廿四五歲，單身在城市遊走。遇到少年男子，狎暱求歡，她來者不拒，還嬌媚薦枕，實是妓女所為。幾年之後，「操勞」過度的妖艷女子死了。有過香火緣的男子大感悲惜，懷念她，大家自發地湊錢舉行喪葬之禮。看她無家，便葬在道左。

唐代大曆年間（766－779），西域來了一位和尚，見到墓地，竟趺坐（盤膝而坐），具禮焚香，圍繞讚歎數日，膜拜不肯離去。

大家很詫異。告訴他：

「這是一個縱淫縱慾的浪蕩女子，人盡可夫。她無家無主，才葬於此，大師何以如何尊敬？」

「大家有所不知，女子並非尋常人，而是大聖，因慈悲喜捨，你們要甚麼，她給你們——她是『鎖骨觀音』。順緣已盡才歸去的。」

眾人不信，便掘開墳墓啟棺一驗——看到全身骨頭，鈎結如鎖狀。

驚異之極，亦有所感悟，便撿出骨殖，設大齋，建塔樓，供奉起來，作永恆追思。

「鎖骨觀音」非等閒菩薩，她化身「佛妓」色誘男子，順從私慾，「普渡眾

生」之餘，也令之警覺、感恩、反思、悔悟。「以淫止淫」？「永絕其淫」？

這也是某種弘法軟化的方式吧。

傳說有點荒誕，亦不悉成效。不過菩薩諸多變化，是為了與不同層次的民眾溝通，才使方便法門。神與人，人與人，都追求讓壞事變成好事、壞人變成貴人、絆腳石變成墊腳石……

「淫僧」事發，何嘗不是一回「清理」？也加強了警誡，點化了同行。世無淨土，處處紅塵，意亂情迷，為所欲為之後，顯現的是骷髏，一切亦屬虛妄……

鬼門

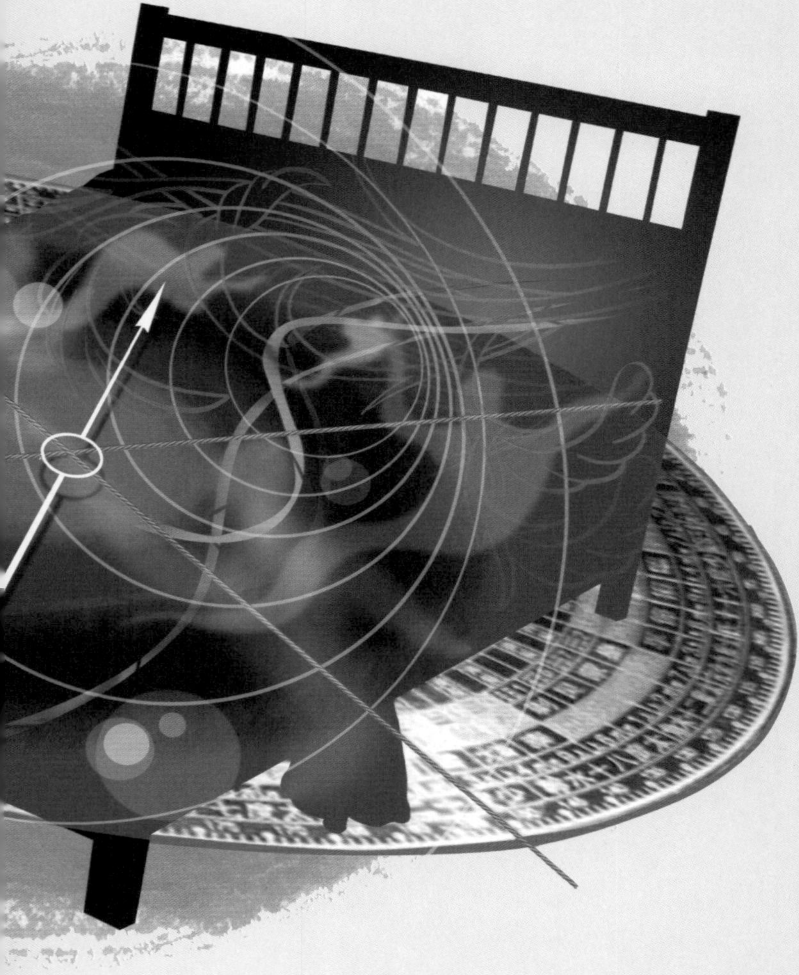

「不要，不要過來——別推我——」

更深夜靜，人人夢入黑甜之際，劉貝怡又被她丈夫的囈語驚醒了。

「我不讓——別過來——」

她聽得不太清楚，不知是甚麼意思。

「又做噩夢了。」她喃喃自語，還是把他推醒，以免一直折騰。

「洛文，洛文——」

范洛文像歷盡艱辛排除萬難似地，終於掙扎醒過來。

他倦極，長長吁了一口氣。貝怡一探，不知何時已出了一身冷汗，不是嚇的，而是累的。

「沒事了，快睡吧。」

最近幾個星期，情況糟糕了些。

她不想追問，他也解釋不來——不過這一陣子金融海嘯，經濟不景，不管你有沒有誤購雷曼迷你債券以致血本無歸精神崩潰，其實市況之差，牽連甚廣。恒生指數低於去年同期的一半，三萬一千多點回落至一萬多，股市一日飆升千多點，一日暴跌千多點，正是一日天堂一日地獄，重創者跳樓自殺個案日增。范洛文那有餘錢炒股——但，社會中各階層人士，都直接間接受到影響，無一倖免。

工廠倒閉、食肆結業、公司裁員減薪……明明地威脅着打工仔上班族。

她認為丈夫多少有點抑鬱症，才不斷地被噩夢騷擾。

「明天哄他去看醫生。」她想：「好歹也吃顆安眠藥才睡。」

搬來鰂魚涌這個六百呎的單位已半年了。二人的積蓄幾乎花在房子上。它半新舊，樓齡也有十幾年，但勝在交通方便。房子沒有陽光直射的窗戶，光線有點

不足，但他們也習慣了，還將裝在牆上的燈光射向天花板，再向下折射，營造柔和浪漫的氣氛，這是在雜誌上看到的，照辦煮碗，效果不錯。房子裝修沒有請設計師，大部份親力親為。這個「安樂窩」，已耗盡他倆的心血了。

入伙之後，感覺良好，很滿足。

為了睡得好，范洛文認為床架床褥和寢具不能省，要求厚裝護脊舒適的中上價貨，那彈簧順着人體曲線緊貼承托，才能與伴侶有甜蜜而高質素的睡眠。

「全個睡房最貴就是這張床和床褥。」她嘀咕。

「物有所值呀。」他笑。「千金難買一覺好睡。」

好的床褥還減低輾轉時帶來的震盪，不易騷擾枕邊人——這也是一種「體貼」。

溫馨而舒服的一張床，漸漸，竟事與願違。

那天下班，范洛文心情欠佳。

劉貝怡特地蒸了一尾魚，還有金銀菜陳腎老火湯，好好撫慰他一下。

「為甚麼會挨罵？」

「老闆沒有點名，不過他開會教訓大家時，眼神是瞄向我的——」

「出錯了？」

「是——沒精神。」

「怎可能？睡不好麼？」貝怡問：「晚晚睡足八小時。」

「就是，明明睡足了，早上起來總覺頭昏腦脹，上班時無精打采——奇怪，愈睡愈累似的。」

「可能工作壓力大。今晚洗個熱水澡早點休息吧。」

洛文真的易倦，一連打了幾個呵欠。

最初還只是睡夢不穩，近日還發出無意識的囈語。

那叫他睡得不寧的心結是甚麼？

難道真是經濟低迷的惶惑？

唉，她只伸手擁住他，但願明天是新的一天，但願回到半年前初當業主的興奮。

誰知，這個晚上輪到她了！

睡至半夜，貝怡忽然聽得有人喊她。不是喊「貝怡」，不是英文名字「Betty」，也不是「范太」，而是小時候，現已拆卸的故居街尾那賣鉢仔糕的阿伯，戲謔她「大眼雞」——她挺不喜歡這個花名，雖然她眼睛大大，又黑又圓好可愛，但「大眼雞」多難聽！才不肯理睬他……

「誰？」

貝怡一驚而醒，那已是二十多三十年前舊事了。缽仔糕日漸淘汰，阿伯早已物化。誰還這樣喊她？

瞧瞧身畔的洛文，他雖已入睡，但眼皮還是有些抖動，睡得不熟。本想搖搖他，不過，算了，也許——

此時，不知從何處傳來一些聲音，是哭聲？是笑聲？十分曖昧。貝怡只覺：

「咩——耶——咩——耶——」

又似羊叫，又似歎息，更似嬰兒尖寒的嗚咽……

這詭異的聲音叫她毛骨悚然，她嚇得一邊流淚，一邊用力推醒丈夫。男人迷迷惘惘地睜開眼睛，一時間搞不清楚身在何處，還低喊：

「別推我——不要過來——」

她呆了：

「是誰？你叫誰不要過來？」

他終於醒來，一臉惘然，原來在自己家中睡房中，燈已亮了，妻子在身邊，臉上還帶未乾的淚痕。

「甚麼？你做噩夢了？」他反而安慰她：「別怕，有我在！」

她撲向洛文，此時此刻，有個強壯的保護者，也消弭不了心中的憂疑。如何告訴他？或許只是幻聽？畢竟她甚麼也沒見到。

燈光下，被丈夫緊緊擁着的妻子，心事重重。

有一回，貝怡聽到他道：

「你放過我們吧，你走開——」

而「對方」不肯走開……

劉貝怡忐忑地猜疑：

「是不是外遇？哪個狐狸精來破壞我們？」

她開始檢查他的衣物、錢包、電話費單。她在一旁細察丈夫憔悴的臉容，應付得疲於奔命？

一定有不可告人的秘密！

她如驚弓之鳥地，被蛛絲馬跡困擾，神經繃緊。即使手頭拮据，經濟困難，二人同心，可以撐下去，頂多省一點，單純無私的同甘共苦，也值——多了一個？不知是誰？第三者？佔據他的心，人睡在那兒，可床也太「擠」了！

洛文其實也有難言之隱，一樣心事重重……

睡得不安寧並非三五天的事，而且愈來愈嚴重。

范洛文憶起某日，在渾沌昏暈中忽地醒來，也許只是個夢，但矇矓中，見到

身邊有好些飄浮的影子，五官模糊不清，不止一個，是兩個？三個？四個？……來自何方？煞費疑猜。

都在睡床的靠背處隱現，纏繞着這人間的夫妻。

「不能告訴貝怡，免得嚇着她。」他想。

但對無體積可言之物又無計可施。

影子似的遊魂出出入入，還不耐煩地推開他。

「不要，不要過來——別推我。」

是嫌他擋路？抑或有所行動？洛文愈是抗拒，那些只得上半身、只得下半身、只得左半身、只得右半身，貼牆而立，穿牆而出，擦牆而過……的物體，對他有點不客氣了。

此刻洛文奮力掙扎，一身冷汗，還沒說完的話在嘴邊：

「我不讓——別過來——」
哦？只是個噩夢？
范洛文洗澡時，竟發現身上有莫名其妙的瘀青，摸上去有點痛——這不是虛幻！
誰把自己捏傷了？
現代人因種種壓力，受思覺失調、精神分裂、被迫害妄想症、幻覺、幻聽……折磨。那天聽得公司同事指着報章上一段花邊：
「日本流行『新型』抑鬱症——」
「抑鬱症也分新舊？」
「對呀，『新型』的，是上班一條蟲，收工一條龍，患者工作時暮氣沉沉，但收工後或放假又回復活躍狀態，完全沒有困擾。」

「這又怎算抑鬱症？基本上所有正常打工仔都這樣啦。」

「你別說，日本醫務所大爆滿，有人要輪候三個月才看到醫生。」

范洛文聽了，回心一想，自己近月是上班一條蟲，收工一條蟲，睡醒也一條蟲。

長此下去，公司裁員一定先拿他開刀！

所以老闆提及派人到上海走一趟，他馬上請纓公幹四天，中間夾了星期六日，犧牲在所不惜。

「真的公幹嗎？」小心眼的貝怡追問。

「你把我的文件機票回鄉卡全放這個袋中。」洛文心忖：「離開四天，轉轉環境，看是否好些。」又叮囑貝怡：「晚上睡穩，天涼記得蓋張薄被。」

他出門第二天，她招待好朋友。小學中學的同學，到唸大專時才不同校，她

喚高佩怡，因與劉貝怡的名字相近，二人十分投契，無所不談。

「我們結婚七年了。七年之癢，真恐怖！這種危機逃不過嗎？」

「證實他有外遇？」

「還沒有——但他一定有事瞞我。」

貝怡怔忡不安：

「我三十多歲，不算太老，但沒多餘時間和精力去改變現有生活。再說，我真的很愛洛文——」

她問佩怡：

「不知有甚麼方法令我們一心一意無人可以插手破壞？」

「你沒有問題，丈夫沒有問題，莫非房子出問題？」

「這房子已是我們全部家當了。」

「找個師傅看看，擺個正桃花陣，也許箍煲穩妥。」

「別告訴洛文。」

「當然——讓對方知道會不靈。」佩怡道：「我是『過來人』。」

「想不到我倆同病相憐。」貝怡苦笑：「女人唯一心願，是與相愛的男人二人世界一覺好睡到永遠。」

「可不。」佩怡也笑：「有時也覺得要求好低。」

為了不讓男人知道，她們安排師傅盡快到來一看。是個衣着一般貌不驚人四五十歲左右的普通人，完全沒有現今那些行走江湖傳媒吹捧的風水師傅般伶俐和浮誇。

「周師傅是我大伯的同鄉，自己人。」高佩怡領他進門。又向貝怡耳語：

「他廿幾歲時遇到車禍，變成植物人，鬼門關走過一轉，醒來之後，便發覺自己

有『陰陽眼』。」

周師傅沒甚麼廢話。

「大廳加燈。採光不足易招陰。改用紗簾代替布簾。」

「把射向天花板再向下折射的燈拆除，換過普通由上往下照的燈，別多此一舉，反來反去。」

「盆栽植物太多，扔掉一半，以免影響宅氣。」

「在這個角落種花，紫紅色為主。」

看來都不過是些「小玩意」。說甚麼「桃花陣」？進了睡房，貝怡見他手上的羅庚不停異動。周師傅不發一語，佇立端詳一陣。臉色凝重：

「哦，原來如此。難怪！」

她倆駭然：

「有問題嗎？不乾淨嗎？」

「絕對是。」

「怎麼辦？」

「唔，與桃花無關，但改不了命運的安排。」

「吓？」貝怡大吃一驚：「房子住不了？」心念電轉：「剛買下的單位，剛開始供樓，現今這個時勢，如何脫手？但若不能住，一天也熬不過……」

「師傅，你要幫幫我們。」貝怡甚至不敢把「那個字」說出口：「能趕走——不，能請走嗎？」生怕不敬招禍。「需要花費多少？」

周輕傅沉吟，一笑：

「不須花費。很簡單，工程不大。來，我們合力搬抬一下。」

貝怡狐疑地，遵從他的指示。三人合力，把睡床的位置移到另一方位，床頭

改貼另一面牆。不消一刻，周師傅拍拍手，道：「好了，沒事了。」

四天後，范洛文公幹回家。

一看睡床，奇怪：

「好端端的，為甚麼移了位？」

貝怡微笑：

「為了睡得好。」

——果然，他們從此一覺睡到天亮，再也沒有噩夢，沒有困擾，連身上莫名的瘀青也消失了。

貝怡保守一個秘密。

一切是方位的錯誤。

東北45°，艮卦屬土，代表山、丘陵、墳墓。「鬼門」所在。背陽之位，

陰、濕、衰、弱。

他們住鰂魚涌，是港島東北。費盡心思鋪排的安樂窩，全個睡房最貴的一張床，正正堵着東北的這道「門」。

夜闌人靜之際，大家深沉入夢，另一世界遊魂精靈，便開始穿梭出入。它們都得透過一個出口，一道隱形的門，來到人間徜徉。

誰叫你們的睡床擋路？

把你輕拍，推開，移位，輾轉反側，否則便會齊齊衝撞。睡得那麼沉？真氣！便捏瘀你，踢傷你，也怪不了誰。鬼門狹窄，個挨個，輪到何時何刻？天很快亮了，當然一擁而上，爭先恐後……

范洛文永遠也不曉得，有些時候得讓讓路。

世上每間房子都有東北「鬼門」，是鬼的通道，不容受阻，否則沒有寧日。

既然躲不過，封不了，為了相安無事，只好像貝怡那樣，一切心照。

她決定隱瞞下去，不想丈夫知道——因為即使知道了，於事無補，反心中忐忑。何必？

「不如自己承受了，接受了，河水不犯井水，陰陽和平共處也罷。」小女人也有她的剛強。

他累了，很久沒睡得香甜，不但打呼嚕，還流着口涎，只有心無旁騖全身鬆懈的休息，才如此放任而原始。

貝怡會心一笑，轉過身來，摟着這個「歷劫」於迷惘中的男人。不必擔憂甚麼第三者狐狸精了，沒有比這更欣慰，多放心！未幾，她也沉沉大睡……

地道

一年一度的頂級奢侈品展覽及買賣會場，來了不少富豪、老大，還有大大小小官們——別管他們官職高下，反正當上了官，有權，就有錢，全都花得起，也花得豪氣。

負責人哈腰招待着丁裕峰。他是區委書記。

有人說，這官是使了二千萬元買來的，可從來沒有憑據也不敢流傳。由此可見丁裕峰家財數字是個謎。

丁裕峰的出身也是個謎。他今年五十八。從年歲上看，肯定是「有經歷」的苦過來的大腕。但凡走過天災、饑荒、鬥爭、運動、文革、逃亡……之路，都帶陰沉而孤獨的特性。有些忒愛招搖，暴發嘴臉難看；有些卻妖在骨子裏，不張揚，先幹了再說。

丁裕峰輕裝便服，着人稱「丁先生」，不尊「丁書記」。他要的是實權，不

是虛名。高官富豪有助手秘書保鏢侍候，他也有些「朋友」，不多，以看不出來為高。

人發跡抖起來了，當然也提升生活享受。

「丁先生，這紫檀木古典傢私只一套，還有古董自鳴鐘，是從前宮裏出來的——」

對大件的傢具擺設興趣不大。雖然他口氣也大：

「五千元以下的皮鞋、一萬元以下的西裝、十萬元以下的腕錶，都是垃圾！」

但他沒多添遊艇、跑車，也對價值百多萬的高球會會籍視若無睹——他最愛收藏名錶，尤其是勞力士，一看中就買。瞅着時間一分一秒的走，像看上了癮。

「這塊錶和鑽戒都要。」

「好，合算起來是三百一十五萬。」

他開了三百二十萬的支票。讓負責人額外吃點紅。

這天有「動作」，完全是一種「姿態」。

讓人家知道他丁裕峰沒出甚麼事。人在權勢在。

一直有風聲，他遭背後告發。誰打的小報告？「朋友」在追查中。

丁裕峰走私、逃稅、「插乾股」賺紅、受賄、貪腐、洗錢……幹過甚麼心知肚明。可他一向單打獨鬥，處理得密不透風，每月向公安打點五十到一百萬，交些道上朋友亦不吝嗇，根本不露破綻。

他不信任銀行，錢都自行安置，難以查賬。

部份用來蓋房子，做房地產買賣不單賺錢，而且市值交易無可疑。自住的豪宅都親身監督工程。

對了，豪宅——

此時手機震動了。

「丁先生，出狀況。」

他木然地走過一旁說話。

「誰？」

「是小嬈。」

「甚麼？」丁裕峰愕然：「這婊子！出賣我？」

楊嬈是他的「小三」。

「十個貪官九個淫，還有一個在調情」。小嬈常到他豪華行宮幽會，委婉承歡風流快活，三分顏色上大紅，想要這房子，他不肯。光給錢打發，小嬈不滿足，就是要房子！

得不到「應有的回報」，還遭冷落？哼！小三可也心狠手辣，竟去舉報。還知他有地方勢力，逕奔上級有關部門。

起初丁裕峰不信，風吹草動並未出事。心忖她不敢。

「情婦起義有甚麼好處？她的下場肯定悲慘，告上了，一拍兩散；告不上，我非要她死得難看！」

「可真的出事了。」對方是他衙門的「朋友」，通風報訊一定是內幕消息：「你往左邊瞧過去，別動聲色，已有便衣工作了；行動定在一兩天，因為要蒐證。好了不談了，小心！」

丁裕峰臉色一變。情況不妙。栽在情婦手上？最重要是滅證。找不到證據，才望逃出生天。

暗中發個短訊：

「馬上給花草澆水，勿延！」

收到短訊的是王滿。

王滿是四十來歲的「貴婦」，丰腴風騷。她是丁裕峰老婆，地位固若金湯，因為賢淑忠貞得有點厲害，睜一眼閉一眼從不多言過問，當老婆一流。外頭有多少女人，她不吭聲，所以「元配」之位穩當。

她一瞧，大吃一驚。

丁裕峰這幾天沒回家，她習以為常，就去買幾個ＬＶ包包發洩一下，好好吃一頓和牛龍蝦，開瓶紅酒……

甚麼？

花草得澆水了？

完了完了，「勿延」！

一切逼在眉睫。

真捨不得，實在捨不得，想不到暴風雨要來就來，逃不過，還得趕快行動！

夫婦已有默契，心知家當非法所得，來歷不明還是罪證。沒有放銀行，家中亦非萬全，一旦上門調查，圖窮匕現火燒身——「花草」雖花花綠綠芬芳襲人叫人頭昏目眩迷其五色，人生最高享受，錢！那麼多，堆滿一屋子，可是大禍臨頭，不「澆水」行嗎？

千個不願萬個不捨，王滿咬咬牙，弄個大火盆，不是「澆」而是「燒」。她心裏有數，若非危急關頭，丈夫不會把心一橫下此命令。全燒了，火光熊熊中，一大把一大把迷人的鈔票，扔進盆中，如黛玉焚稿，如給先人開路，一大把一大把迷人的鈔票，冥紙一樣，淪亡成為灰燼。

錢太多了，王滿瘋狂地扔，瘋狂地燒，沒時間惆悵沒心情流淚，只知毀滅一

切證據，他倆日後少受點罪。

原來收藏的現鈔那麼多！難以想像難以形容，苦心經營策劃半生，用良心去換取的東西，燒之不盡……

「鈴——鈴——」

門鈴在悶熱但冷靜的氛圍下，優雅地有節奏地響了。如常訪客，不一樣的心情。叫人悚然一驚。

傭人早已支開，屋裏只她一人。

「誰？」王滿顫抖着問。

這肯定不是丈夫丁裕峰。

他從不按門鈴——因為他從不相信任何人，不給任何人「準備」的機會。

丁裕峰隨時使用門匙進出，不動聲色，自由自在。

作為他的老婆，結婚二十年了，她完全了解他的心態。有一回，她一時興到買了名家設計的一套金鏈子，一層一層，一串一串，伏在她豐腴的胸前隨呼吸閃爍，霸氣加上艷光，可丁裕峰不滿。

「二三百萬一塊的腕錶是貴重，二三百萬真金掛滿脖子，太張揚。」

又道：

「似披枷戴鎖。演《蘇三起解》麼？」

她心知他忌諱。

暴發戶也在學習中成長。「貴婦」是錢見多了，漸漸生出滿不在乎的「氣派」。只有初嚐奢華甜蜜的人，才沉不住氣，才張揚。

可惜，

一切已在瞬間化為烏有……

門外沒有回應。

王滿屏息靜氣朝防盜眼一探，是四個高大木然的中年男人。

知道戶主在窺望，馬上再按門鈴。

雖響得尖細，她如遭雷轟：「上門了！」情況不妙打死不開，馬上回身把鈔票大堆大堆往火盆上扔。

霹靂一響，大門被踢開了。

便衣公安湧入。她仍歇斯底理瘋狂地燒，燒成灰燼後，毀滅罪證，她和丈夫便脫險。

進門的男人糾纏打壓，一個婦道人家力道不輕，掙扎中，火盆翻了。未燒完的鈔票，四下奔竄的火舌，亂作一團。

火勢蔓延，窗簾沙發桌椅都在火海中。

公安一個按她在地，兩個滅火，一個搶救鈔票。盡量掩蓋着驚詫之色——他們一生都沒見過那麼多的錢！失火了，急須增援……

局中接報派來十人。把場面控制。

「甚麼？丁裕峰跟丟了？」調查組長朝手機對方一吼：「盯了一個月，就在展覽會場丟了？怎可能！」

他們也小覷丁裕峰了。

「逃亡」的經驗，這個人還少？他上半生已訓練有素。這回向老婆以短訊下達「馬上給花草澆水，勿延！」指令，那邊廂已換裝易容，一下子就溜了。

當局下令通緝。

但找不着就是找不着。

家中藏匿的幾個億現鈔已燒了一大半。數字後數不盡的「0」，全變成一個

「0」了。怎麼着？能告他夫婦甚麼呢？走私逃税貪腐受賄，甚至行賄，沒憑沒據——但他棋差一着！

因這場火，孑然一身的王滿以為樂得沒牽掛，兩手空空也罷，當局奈我何，「小三」楊嬈也別想分點甜頭。我得不到，他得不到，你也得不到！

可是，清理災場時，竟有新發現。

丁裕峰這豪宅，天花經過改裝，家中亦多暗格。消防隊和調查人員敲敲打打，無意中發現了他的秘密：——地道！

正常家居，怎麼會有地道呢？他花錢買官，身為區委書記，親自監督工程，建築圖則上沒有這一項？可見瞞天過海。

這個神秘的線索令人費解。

連老婆王滿竟亦大吃一驚，完全沒想過廚房地下有個直抵花園的通道，神不

知鬼不覺……

順藤摸瓜，楊嬈供出來的幽會行宮查封後，被大肆搜索一番。這兒也有神秘的地道，由裏通外，不但小嬈，連鄰居也不知道。

中國大陸不容許長期的秘密。嚴格而言，丁裕峰被徹查後，也沒甚麼秘密了。

當局在豪宅鄰近一所平房的地道中，把他抓到了。

房子契約是另一個人的名字，這「人頭」不重要，正主兒仍是丁裕峰。他逃脱後，竟在這看來無人居住的房子，地道裏頭，如常地生活。有水有電，通風、通訊系統很好，飲食、鈔票充裕。溫暖、自由，不怕任何通緝令。

而這就在旁邊不遠的房子，王滿亦被瞞過，她以為懂得他？不，世上只有他，最了解自己。他更明白，世上最危險地方，最安全。

只是沒想過百密一疏，老婆狂燒鈔票失火，把地道給捅出來。冥冥中有定

數，似是自己被自己揭發了。

盤問者覺着奇怪：

「你每個房子都親自監建地道，為甚麼？」

「這是我一生最期盼的東西。」

「你有病！」

是的。在這裏，很多人有着怪異的「終生後遺症」，是這個龐大的陰影，籠罩一個有血有肉有思想的人，和他今生所有的日子。

經歷過政治批鬥，心底對人性不再信任。怕黑怕孤獨但也怕人，特別害怕午夜時突如其來叩門聲，風吹草動疑似人來。

王滿在看守所扣押待查時，想起丁裕峰有時好幾天沒回家，之後又出現，若無其事。

「原來他就猷在廚房下的地道、鄰近房子的地道——」

當他恐懼了，不能忘記過去那一回又一回毫無防備就被揪出去打垮鬥臭的夜色，他就獨自躲在世界的深深處，再也沒有人找到了。即使驀地驚醒，不知身在何方？空白了好一陣，哦，放心！一彈而起，我作主，開開心心自地道出口離去，在藍天白雲下散步，愛甚麼時候回來就甚麼時候回來。

追溯四十多年前，他自十多歲起，已因政治風向、個人背景和活躍因素，坐過多回的牢。有一年半載的，也有判三五年卻蹲上十數年。各種運動來了：

「我這號人一定捱批、關押⋯⋯很久很久還沒放出來。」

從前苦日子，每日勞動計「工分」，每個月十二塊錢，一年才一百多，「臉朝黃土背朝天」。逃！每回準備救生圈、鼓得脹脹的避孕套圍脖、塑料枕套、乒乓球圈，還有在動物園取得（或買得）老虎大便，因為公安的獵犬嗅到虎糞的特

殊氣味不敢追來……

偷渡失敗，次次在邊境被抓，毒打監禁，又是一段漫長歲月。

在牢中手銬腳鐐，無聊鬱悶，總是作白日夢，希望發生神奇的事：——掀起泥蓋子是個秘密洞穴，挖掘幾下出現一條地道……通過它跑出去，海闊天空，多快活！

可惜一直坐牢，心願未償。

他發誓，日後不擇手段不惜一切，必須要錢要權，一把抓。當他有積蓄有成就有官威，可以自建家園時，他半生渴求的暗格、洞穴、地道……這些機關，都一一實現。像小孩躲貓貓，對方找不到，自己又覓得逃脫良方，才甘心。

終於一切煙消雲散，長歎一聲，他又被送進監獄去。往後十多年，繼續作他的白日夢。

這回再也出不來了。

丁裕峰狠狠地說：

「我一生，最愛的，就是地道！」

www.cosmosbooks.com.hk

天地

書　　名　未經預約
作　　者　李碧華
出　　版　天地圖書有限公司
香港皇后大道東109-115號
智群商業中心13字樓（總寫字樓）
電話：2528 3671　傳真：2865 2609
香港灣仔莊士敦道30號地庫/ 1樓（門市部）
電話：2865 0708　傳真：2861 1541
九龍尖沙咀彌敦道74-78號文遜大廈2樓2A（門市部）
電話：2367 8699　傳真：2367 1812
印　　刷　亨泰印刷有限公司
柴灣利眾街德景工業大廈10字樓
電話：2896 3687　傳真：2558 1902
發　　行　香港聯合書刊物流有限公司
香港新界大埔汀麗路36號中華商務印刷大廈3字樓
電話：2150 2100　傳真：2407 3062
台灣經銷商　貿騰發賣股份有限公司
台北縣中和市中正路880號14樓
電話：(02)8227-5988　傳真：(02)8277-5999
初版日期　2009年7月
三版日期　2009年7月

李碧華

《梅花受騙了》

冷鋒突襲，春不回暖，
造就了梅花不肯走的歡愉。
花為甚麼失控沉溺？
只因參不透溫度。
容易受騙的花，在冷暖之間掙扎；
容易受騙的女人，在愛恨之間游離。
一切，只是一場誤會罷了。

天地圖書

卷一

卷二

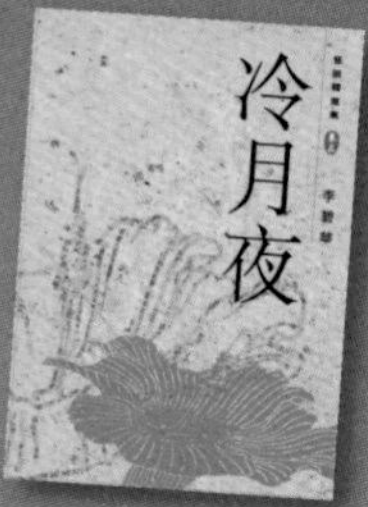

卷三

卷四

卷五

卷六

卷七

李碧華・怪談精選集

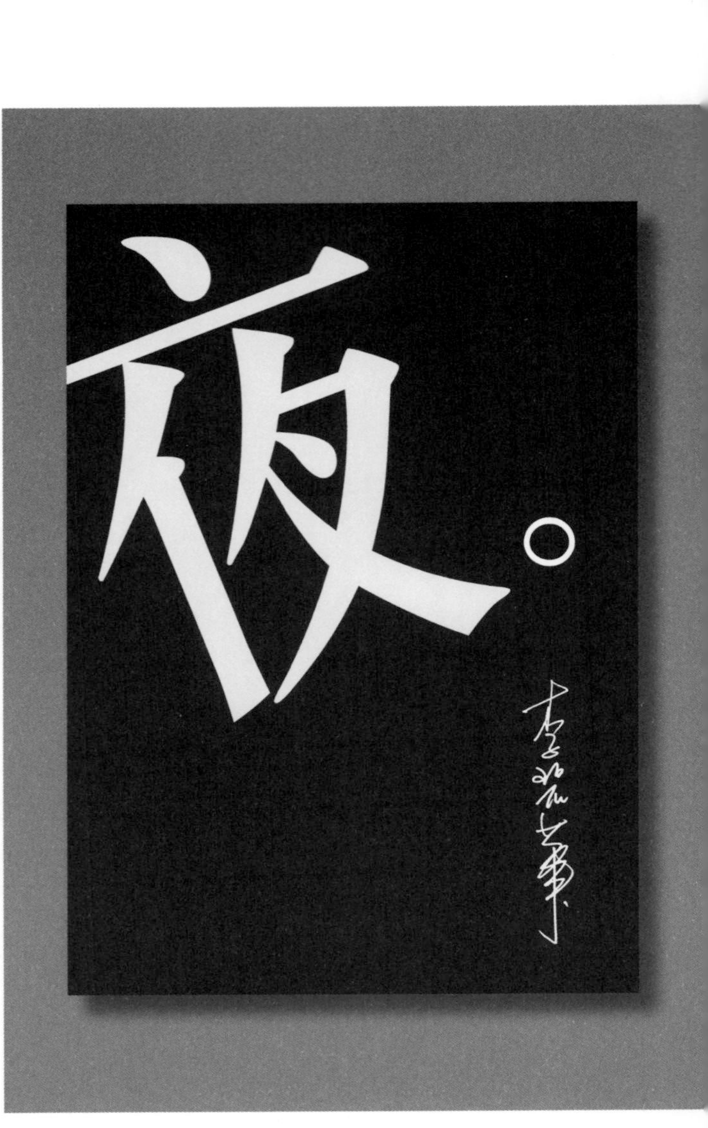

李碧華 作品

1 白開水（散文）
2 爆竹煙花（訪問遊記散文）
3 紅 塵（散文）
4 青紅皂白（散文）
5 胭脂扣（小說）
6 霸王別姬（小說）
7 色 相（一零八個女人）
8 青 蛇（小說）
9 戲 弄（散文）
10 鏡 花（散文）
11 糾 纏（小說）
12 生死橋（小說）
13 幽 會（散文）
14 白 髮（散文）
15 潘金蓮之前世今生（小說）
16 秦俑（小說）
17 綠腰（散文）
18 個體戶（散文）
19 天安門舊魄新魂（小說）
20 滿洲國妖艷——川島芳子（小說）
21 不但而且只有（散文）
22 江湖（散文）
23 變卦（散文）
24 霸王別姬新版本（小說）
25 南泉斬貓（散文）
26 好男人不過是一瓶好的驅風油（長短句）
27 恨也需要動用感情（長短句）
28 中國男人（散文）
29 水袖（散文）
30 誘僧（小說）
31 草書（散文）
32 潑墨（散文）
33 泡沫紅茶（散文）
34 蝴蝶十大罪狀（散文）
35 基情十一刀（散文）
36 吃貓的男人（小說）
37 聰明丸（長短句）
38 咳出一隻高跟鞋（散文）
39 630電車之旅（最後紀錄）
40 吃眼睛的女人（小說）
41 八十八夜（散文）
42 荔枝債（小說）
43 流星雨解毒片（小說）
44 給拉麵加一片檸檬（飲食檔案）
45 有點火（散文）

46 逆插桃花（小說）
47 女巫詞典
48 藍狐別心軟（散文）
49 橘子不要哭（散文）
50 煙花三月（紀實小說）
51 水雲散髮（飲食檔案）
52 夢之浮橋（散文）
53 礦泉水新版本（散文）
54 凌遲（小說）
55 真假美人湯（散文）
56 牡丹蜘蛛麵（飲食檔案）
57 赤狐花貓眼（小說）
58 涼風秋月夜（散文）
59 櫻桃青衣（小說）
60 如痴如醉（散文）
61 把帶血刀子包起來（散文）
62 鴉片粉圓（散文）
63 還是情願痛（散文）
64 紅袍蠍子糖（飲食檔案）
65 人盡可呼（散文）
66 新歡（小說）
67 風流花吹雪（散文）
68 餃子（小說）
69 紅耳墜（散文）
70 黑眼線（散文）
71 最後一塊菊花糕（小說）
72 蟹殼黃的痣（飲食檔案）
73 焚風一把青（飲食檔案）
74 女巫法律詞典
75 緣份透支（散文）
76 季節限定（散文）
77 給母親的短柬（博客留言結集）
78 紫禁城的女鬼（小說）
79 七滴甜水（散文）
80 一夜浮花（散文）
81 生命是個面紙盒（散文）
82 西門慶快餐（飲食檔案）
83 青黛（散文）
84 枕妖（小說）
85 歡喜就好（散文）
86 火燒愛窩窩（飲食檔案）
87 三尺三寸（散文・攝影）
88 奇幻夜（怪談精選集）
89 迷離夜（怪談精選集）
90 冷月夜（怪談精選集）
91 妖夢夜（怪談精選集）
92 幽寂夜（怪談精選集）
93 紫雨夜（怪談精選集）
94 寒星夜（怪談精選集）
95 梅花受騙了（散文・攝影）
96 未經預約（小說）